独占欲全開の幼馴染は、エリート御曹司。

Sakurako & Shinobu

神城 葵

Aoi Kamishiro

目次

独占欲全開の幼馴染は、エリート御曹司。

プロローグ

「文房具……ボールペンの在庫は十一箱、と」

棚に入った箱を数えた私は、手元の帳面に「十一」と書く。そうしながら、帳面に記載されている計算在庫と数が一致していることを確認した。

よし、合ってる。

「次は、えーと……コピー用紙ね」

とある会社の庶務課に勤務してもうすぐ三年目の私・七瀬桜子は、現在、年度末の備品在庫を確認している。といっても、数えるのは未開封、未使用の物だけでいいので、作業自体はわりと楽である。この調子なら、お昼前には終わりそうだ。

「まずは、A4サイズ……」

私は、備品倉庫を兼ねた庶務課の書庫をざっと見回す。しかし、この間まであった場所にコピー用紙が見つからない。

それなりに広い書庫の中は、雑多な物で溢れている。

これは、一度整理した方がいいかもしれない。

そんなことを考えているうちに、コピー用紙の入った箱を見つけた。

「えっと、Ａ４サイズは五梱包入りの箱が二箱と、開封した箱の中に……」

私は棚から開いた箱を取り出し、カーペットの上で中身を確認し始める。

その時、誰かが書庫に入ってきたのに気がついた。男性の足音が近づいてくる気配に、知らず体が震える。ここは人気のない密室である。それが一層、私の恐怖を煽った。

「さくらー？　どこー？」

直後――艶やかなバリトンボイスに名前を呼ばれて、私はほっと息をついた。

同時に、眉間に皺が寄る。

「さくら？　……ああ、見つけた」

私を見つけて、嬉しそうに微笑んだのは、鷹条忍。百八十三センチの長身で、非常に整った顔立ちをした美形である。年齢は私と同じ二十四歳。

「備品の在庫チェックだよね、俺も手伝うよ」

そう言って傍まで歩いてきた彼に、私は硬い声で返事をする。

「一人でできます。専務にお手伝いいただくほどのことではありません」

――そう。彼は私の勤める鷹条商事の専務取締役なのだ。当然、こんなところで備品確認などやっていい人ではない。

何とかお引き取り願おうとする私に構わず、彼は「どこまで進んでる？」と、綺麗な顔を寄せて、帳面を覗き込んできた。

「一人でやるより、二人でやった方が速くて正確だよ。それに、さくらが棚の上を確認するのは大変だよね？」

「脚立があるので大丈夫です」

「さくらにそんな危ないこと、させられない」

鷹条専務が真面目な顔で断言してくるので、私の眉間の皺は更に深くなった。

「専務、本当に困ります」

「さくら、その他人行儀な呼び方をやめて、忍って呼んで。ああ、昔みたいに、しーちゃんでもいいよ？」

他人である。少なくとも、一般社員が専務を呼ぶ言葉ではない。

「……私、仕事とプライベートは分けたいんです」

「じゃあ専務命令。忍って呼ぶように」

できるだけ淡々と返していた私ににこっと笑いかけながら、公私混同甚だしい命令が下される。彼のペースにつられてはいけないと思うのに、あまりの理不尽さについ苛立ちが漏れてしまった。

「……して」

「え？」

「もう、いい加減にして！　毎日毎日、どうして私に構うのよ！」

そんな私の逆ギレに、忍は嬉しそうに笑み崩れた。それでも美形なのが悔しい。

「だってさくらは俺の初恋の人だもん。今も初恋継続中の俺にとっては、さくらに構うのは当たり前のことだよ」

そう言って忍は、「さくらは特別なんだ」と、甘く微笑んだ。そして私は――忍のこの笑みに弱い。

私と忍は、はとこ同士である。私の父方の祖母は鷹条家のお嬢様で、正確には現当主の姉にあたる。そして忍はその鷹条グループ総帥・鷹条圭一郎（けいいちろう）氏直系の孫だ。

忍との関係は、少しややこしい。遠縁といえばそれまでだが、私達の曾祖父が決めた婚約者――でもある。四歳の時に、互いの意思確認より先に決められた婚約だけど。

それを律儀に受け入れた忍は、以来「さくらは俺の特別」「初恋」と言ってくるようになった。

そして、社会人となった今も、毎日庶務課にやって来ては男性陣を牽制（けんせい）している。被害が庶務課で止（とど）まっているのは、会社中にそんなことを主張したら私は退職する、と言ったからだ。

黙っていると、忍は沈黙は承諾と受け取ったようだ。「じゃあ、俺が数を確認するから、さくらは帳面に記入していって」と棚の在庫を数え出した。

確かに、二人でやる方が速い。速いけど……

庶務課の一社員が、専務に仕事を手伝ってもらうなんておかしい。なのに、なんだかんだで、いつも忍に押し切られてしまう。

結局私は、忍と一緒に備品在庫確認を終わらせた。

「終わったー。他に、何か手伝うことある？」

「ないよ。庶務課に戻る」

「じゃあ俺も行く」

私と忍は、並んで書庫を出た。

「忍、並ぶのはやめて」

「えー」

毎日忍が入り浸っているせいで、庶務課には私達は親戚だと知られているけれど、他の部署の人間は何も知らないのだ。忍と一緒のところを見られたくない。

「さくらは俺に冷たい」

でもそこも可愛いんだけど、という忍の言葉を無視した。

すると、後ろから腕を掴まれ抱き締められる。

「ちょっと、忍、離して」

「嫌だ。離さない」

忍は、更に強く私を抱き締めてきた。

どくどくと、心臓が痛いくらいに騒いでいる。

「忍、ね、誰か来たら誤解される。だから、離して」

「誤解じゃない。俺がさくらを好きなのは事実だ」

私を抱き締めていた忍の腕の力が少し緩(ゆる)んだので、おずおずと振り返った。そこで――私を見つめる忍の表情は、見たことがないくらい真摯(しんし)で息を呑んだ。

「さくらだって、俺のこと――」

綺麗すぎる忍の顔が、吐息を感じるくらい近づいてくる。

――怖い。

何かを期待してしまいそうな私自身が。

微(かす)かに震える私に気づいた忍は、ふっと観念したように笑った。おどけた顔で、頭をポンポンと撫でる。

「さくらは、俺のこと好きだよね？」

「……私は、忍とは違うから」

「どこが？」

「…………」

口をつぐみ、忍の視線を避けるみたいに俯いた。

私が忍を好きだなんて、どう考えても「身の程知らず」だ。

平々凡々で地味な容姿。取り立てて優れたところがなく要領も悪い、三拍子どころか四拍子も揃った私なんかが、高学歴で容姿も完璧、スポーツ万能な上、権力財力家柄まで揃っている、完全無欠な忍を「好き」だなんて。

私には、彼への気持ちを堂々と口に出すことができない。

「ほんと……、さくらは怖がりだね」

忍が私を見て微笑んだ。仕方ないと言いたそうな口調なのに、とても優しく響く。

「……」

彼の腕から解放されたことにほっとしつつ、寂しさを覚える私は矛盾している。

忍の背が見えなくなるまで見送ってから、私は気持ちを切り替えて庶務課に向かった。

1

誰もが知る世界的な巨大グループ。私の勤務する鷹条商事は、世界に名高い鷹条グループの中心を担う大企業だ。

その鷹条グループが傘下に持つ企業は、中核となる会社に勤める私も把握しきれないほどだ。

遡れば、千二百年以上の歴史を持ち公家華族でもあった鷹条家が、明治時代に立ち上げた企業がもととなっているらしい。非上場の同族会社でありながら、これまでグループとして赤字を出したことがないという優良企業なのである。

「戻りましたー」

私は、明るい声を心がけて庶務課のドアを開けた。男性八人、女性三人の十一人しかいない小さな課なのに、さすがは超一流企業。広々とした、居心地のいい綺麗なオフィスである。

「森さん。備品の在庫確認、終わりました」

私は席に戻る前に、先輩である、森玲奈さんに報告した。玲奈さんは、関西支社から異動してきた、二十六歳のゆるふわ系美人である。

「お疲れ、七瀬ちゃん。戻ったところ悪いけど、急ぎの仕事がなかったら、ちょっと手伝うてくれへん？」

彼女は、私に向かって両手を合わせてきた。私は庶務課に在籍しているけれど、メインの業務は社史の編纂だ。その業務の間に、こうして玲奈さんに頼まれた仕事もこなしている。

「はい。なんでしょう」

「見て、これ。明日までに整理してくれやて」

玲奈さんが見せてくれた伝票入れには、納品伝票、発注伝票、振替伝票、更には受領書控など、サイズの揃ってない伝票が混在し山を作っている。

「うわあ……ぐちゃぐちゃですね」

「課長が溜めまくってはったんよ……うち、残業は嫌やのに……！」

ぎらりと睨（にら）みつけられた砂川（すながわ）課長は、びくっと震えてこちらに背中を向けた。

「大丈夫です、二人でやったらすぐ終わりますよ」

「七瀬ちゃん……！」

玲奈さんからうるうるした目を向けられるが、業務を手伝うのは当然のことだと思う。

ちなみに、庶務課の合言葉は「遅れず焦らず残業せず」である。基本的に定時で帰ることを目標とした職場なので、このような急ぎの仕事はレアケースだ。

私と玲奈さんが伝票を整理し始めたところで、他部署に出かけていた佐原葉子（さはらようこ）さんが戻ってきた。佐原さんは三十五歳で、庶務課の三人いる女性社員の中では一番先輩だ。

「どうしたの、これ？」

「課長が溜めとった」

玲奈さんが端的に答えると、葉子さんは冷ややかな視線を砂川課長に向ける。

「課長。伝票類は溜めないでくださいと、私、お願いしましたよね？」

葉子さんの美しすぎる微笑みに、砂川課長がたじろいだ様子で言い訳した。

「う、うっかりしていて……」

「うっかりもすっかりもありません。――七瀬さん、それを取引先別に分けて。森さんは、こっちを用途別に分けて。お昼は無理でも、三時までには済ませちゃいましょ」

私達にてきぱきと指示を出しながら、葉子さんが仕分け作業に加わってくれる。

「用途別って、どこまでやったらええん？」

「とりあえず、雑費かそれ以外かでいいわ。あとは、課長に確認してもらうから」

つまり、わからないものは砂川課長に突き返すということだ。

葉子さんは強い。なんせ、元は社長秘書を務めていた人だ。噂によれば、社長に勧められたお見合いを蹴ったことで、「社長の顔を潰しましたので」と、自ら異動願を出して庶務課に来たという。

そんな彼女は、秘書課をはじめ人事や総務など、社内のあらゆるところに情報源ともいうべき知己がいて、実は庶務課最強の存在だったりする。

「他に、伝票や書類を溜めている人はいませんね？」

砂川課長以外の庶務課の男性社員が、びしっと背筋を伸ばして頷いた。

「ま、この伝票、自分らが溜めとったもんかもしれへんしな」

ぼそっと呟いた玲奈さんの言葉に、私は苦笑してしまう。

このあと、お昼の休憩を取ったのだが仕事が詰まっていることもあり、私達は十分ほど早く戻って作業を再開した。お互い苦労性よねえと、葉子さんが溜息まじりに笑っている。

「こちらの仕分け、終わりました。そっちの山の分類も始めていいですか？」

「いえ、七瀬さんは一番タイピングが速いから、入力をお願い」

葉子さんの指示に従い、私は仕分けを済ませた伝票を持ってパソコンに向かう。

「私達はその間に、残りの山を片づけちゃうわ」

「了解しました」

私が入力している間に、二人は正確かつ迅速に伝票の仕分けを進めていった。

「……よし、終わり！」

「七瀬さん、これもお願いね」

「はい」

追加で受け取った伝票は二百枚もなかったので、私はすぐに入力を終えた。

ミスがないかを再度確認して、葉子さんに最終チェックをお願いする。その間に、伝票入れの中に取り残しがないか見た。

その時、社内に三時の休憩を告げるベルが鳴った。

「あ。三時やん。休憩休憩！」

さっと立ち上がって、玲奈さんが給湯スペースに向かう。

鷹条商事はお昼休憩とは別に、毎日午後三時に二十分の休憩時間があるのだ。世界に名だたるだけあって、超のつくホワイト企業である。

「七瀬ちゃんも紅茶でかまへん？　ミルクやな？」

一瞬の差で出遅れた私は、急いで給湯室に向かう。

「あの、森さん、私が淹れます」

「ええよ、ついでやし。葉子さんはー？　三人分やったら、葉っぱ使うから」

「じゃあ、私も紅茶をお願い。ミルクでね」

──今日も、玲奈さんに先を越されちゃった。認めたくないけど、私はちょっとトロいのかもしれない。

ここで一番後輩なのに、と席に戻りながら軽く落ち込む。

そこでふと、三時の休憩用にお菓子を持ってきたのを思い出した。私はデスクの引き出しから焼き菓子の詰め合わせを取り出して、葉子さんに渡す。

「佐原さん、よかったらどうぞ」

「あら、ル・フローサのお菓子ね。私、ここのマドレーヌが好きなのよ」

「森さんもいかがですか？」

「食べるー！　葉子さんのお墨付きなら間違いないもん。待って待って、お茶っ葉蒸しとるから、もうちょっと待ってー」

しばらくして、玲奈さんはカップに入った紅茶と、低温殺菌牛乳を入れたミルクピッチャーを持って来てくれた。コーヒーフレッシュでミルクティーって許せへんねん、というのが玲奈さんの主張である。

「わー、可愛い。うちはクッキーいただこうかな」

二人が相好（そうごう）を崩してそれぞれに焼き菓子を取る。私もだけれど、葉子さんと玲奈さんも、甘い物が好きだ。

二人が好きなお菓子を選んだあと、私は菓子箱を手に立ち上がった。砂川課長達、庶務課の男性陣にもおすそ分けした方がいいだろう。

「あの、よろしければどうぞ、砂川課長……」

「やめたれ」

「やめてあげなさい」

間髪（かんはつ）を容（い）れず、玲奈さんと葉子さんから止められた。

「七瀬さん。課長はマイホームを購入して、定年まで三十五年ローンを組んでるのよ。降格や左遷（させん）になったら困るでしょ」

「皆におすそ分けしようとする気持ちは、大事やけどな。七瀬ちゃんに関しては、何もせんといてあげるのが課長達への優しさやで」

　二人にこんこんと諭される。彼女達がそんなことを言う理由が思い当たるだけに、私は頷くしかない。

　その時、庶務課のドアがノックもなしに開いた。

「お疲れ様でーす」

　明るく挨拶しながら入ってきたのは、忍だった。そのまま、真っ直ぐこちらに歩いてきて、すとんと私の左隣に座る。そして、ぐるりと庶務課を見回した。

「葉子さん、今日の『さくらに話しかけたり近づいたりした男』のカウントは？」

　庶務課には、砂川課長を含めた八人の男性社員がいる。こちらに決して視線を向けない彼らが、忍の言葉に緊張しているのが伝わってきた。

「ゼロです」

　葉子さんが、慣れた様子で質問に答える。

「よかった。ほんと毎日気が気じゃないんだよね。いっそここに、監視カメラを設置したいくらいだよ」

「専務、監視や盗聴はやめてくださいね」

「同意を得て設置するなら、問題ないんじゃない？」

　目の前で何気なく交わされる二人の会話。その内容は、実にとんでもない。

監視や盗聴されながら仕事をするなんてお断りだ。ただでさえ、どこに行くにも社員カードが必要な上、指の静脈認証まであるくらいセキュリティが厳しい会社なのに。

「でも、七瀬ちゃんは嫌やろうな」

「嫌です」

玲奈さんの言葉に、すかさず私は同意した。心から同意した。でないと、本当に設置されかねない。

「そっか、なら仕方ないね、諦める。……葉子さん、これ、フレッシュジュースにしてくれるかな」

肩をすくめた忍が、葉子さんに小さな袋を手渡す。

「あら、おいしそうな苺ですね。お砂糖あったかしら」

そう言いながら、葉子さんが席を立ち給湯スペースに向かう。給湯室には、誰が持ち込んだのかミキサーが置いてあった。ただ、型が古くて使いにくいというか、使い手を選ぶというか——葉子さんにしか従わないという意志を感じさせるような代物で、私も玲奈さんも使えないのだ。

「葉子さんお手製の苺のフレッシュジュースがくるから、さくらの紅茶は俺がもらうね」

そう言って、忍が私のカップを手に取った。その動きを事前に防げない私は、やはりトロい気がする。

「それ、私の飲みかけ……」

「さくらの飲みかけなら俺は気にしない」

綺麗すぎるほど綺麗な顔で笑ってスルーして、忍は私のカップに口をつけた。

その一連の所作に、つい目を奪われてしまう。

「はー、さくらとの間接キスにときめく」

「何言ってるの!?」

「二十四にもなって、キスもしとらんの、専務」

「さくらは、身持ちがしっかりした女性だから」

頑なだけど可愛いんだーと蕩けた顔をした忍に、玲奈さんがすっとクッキーを差し出した。

「気の毒やからこれあげるわ。七瀬ちゃんからの差し入れやで」

「ありがとう、玲奈ちゃん。さくらのおすすめのお菓子ってだけで俺は嬉しい。玲奈ちゃんのボーナス査定上げとくね」

玲奈さんと専務の、公私混同甚だしい会話でハッと我に返る。

「何の会話ですか！　新しく淹れ直してきますからカップ返してください！」

「七瀬ちゃん、うちが葉っぱから丁寧に淹れたげた紅茶、無駄にする気やないな？」

そう言われると、「淹れていただいた後輩」としては何も言えない。

「口つけちゃったけど、さくらが飲むなら返すよ？」

返されても困る。

「………」

沈黙した私のデスクに、給湯スペースから戻って来た葉子さんがフレッシュジュースを置いた。

「はい、七瀬さん、どうぞ。苺のフレッシュジュース」

目の前の大振りのグラスから、甘く爽やかな香りが漂ってくる。綺麗な赤と、牛乳を入れてくれたのか、可愛いピンクのグラデーションが目に麗しい。更に、小粒な苺を飾ってある。これもうお店で出せるレベルだと思う。

「すみません、佐原さん。ありがとうございます」

私は立ち上がって、葉子さんに頭を下げる。三時の休憩は二十分しかないのに、葉子さんに仕事をさせてしまった。あとでちゃんとお礼をしなきゃ。

「気にしないで。あのミキサー、使うのにコツがいるし。初めて作ったから、甘さが足りないかもしれないけど」

「大丈夫だよ、葉子さん。その分、俺が甘やかすから」

にこっと言った忍に、玲奈さんが鼻で嗤った。

「甘えてもらえへんくせにー」

もっと言ってやってください。

「玲奈ちゃん、キツい。事実だけにキツい」

「まあ、七瀬ちゃんは公私混同できん真面目さんやからな」

ミルクティーとクッキーを堪能しながら、玲奈さんが言い、忍はうんうんと頷いている。

「そうなんだよ、そこがまた可愛いんだ。さくらなら、公私混同しても可愛いけどね」

忍はほぼ毎日庶務課に入り浸っているから、今ではもう葉子さんも玲奈さんも気にしない。というか、この二人は最初から気にしていなかった。

「ね、さくら、おいしい？」

そう言って、忍が私の顔を覗き込んでくる。

苺の甘さと酸味が絶妙で、とても濃厚でおいしかった。だけど、素直に返事はしたくない。

「黙ってるってことは、おいしいんだね。だったら、お礼。俺にお礼」

こういう勘のいいところが、付き合いの長い相手は面倒なのだ。私はこちらに身を乗り出している忍から顔を背けて、葉子さんに笑みを向ける。

「佐原さん、ありがとうございます。すごくおいしいです」

「それはよかった。でも、スポンサーにもお礼を言ってあげてね、鬱陶しいから」

にっこり笑って言われたら、私もこれ以上はスルーできない。仕方なく、隣を見ずに棒読みでお礼を言った。

「ありがとうございます、鷹条専務」

「さくらー、さっき俺のことは忍って呼ぶように言ったよね。理由が必要なら何回でも言うよ、俺はさくらが初恋で、今も……」

「わかった、もういい、黙って」

私は、忍の顔を真っ直ぐに見た。

「でも、私、忍の『初恋』は信じない」

「しっかし、専務は相変わらず桜ちゃんのこと大好きやな」

その日の終業後。更衣室で着替えていた私に、玲奈さんが話しかけてきた。会社はちょうど繁忙期で、定時で仕事を上がれるのは庶務課くらいのものだ。その為、現在更衣室の中に、他の部署の女性はいない。

「桜子ちゃんが可愛くて仕方ないのよ」

そう言うのは葉子さん。二人は仕事が絡まないところでは私のことを名前で呼んでくれている。だから、私もまた二人を名前で呼ぶようにしていた。

「入社早々、庶務課に来たかと思うたら『男性社員はさくらに近づくな』やもんなあ」

「……思い出させないでください……」

——そう。あれは一年前の春。

鷹条グループの総帥を祖父に持つ忍は、最初から専務取締役として入社した。何故なら彼は、その為の教育を子供の頃から受けてきたからだ。

中学で英国に留学しそのままハイスクールまで卒業した忍は、アメリカの名門私立大学をスキップで卒業後、フランスのグランゼコールに入ったという、ものすごい経歴の持ち主なのだ。

そんな忍が、去年の入社式の直後、いきなり庶務課に現れた。驚き慌てる社員達に構わず、彼は勝手に私のデスクの隣に自分の席を作り、「男性社員は七瀬桜子と会話も社内メールも電話もすべて禁止する。どうしても必要な場合は、他の女性社員を介して伝えるように」と高らかに宣言したのだ。

葉子さんが取り成してくれたおかげで挨拶（あいさつ）だけは許されたが、私はその日以来、庶務課の男性社員達に心理的にも物理的にも距離を置かれている。

——忍には何の権利があって、私をこんな目に遭わせるのか。私は忍の所有物か、と言いたい。

「毎日、庶務課に入り浸（びた）って、いつ仕事しとるんやろ専務」

「仕事はきちんとしてらっしゃるわよ。今は、緑の砂漠化対策のプロジェクトで、研究開発を進めてるみたいね」

着替えを済ませた葉子さんが教えてくれた。

「ああ、それと、桜子ちゃん」

「はい」

「経理から、桜子ちゃんが欲しいって言われたんだけど、お断りしたから」

「え？」

「桜子ちゃん、伝票の入力が速くて正確でしょ。どこかでそれを聞きつけた経理の課長がぜひ欲しいって言ってきたんだけど」

経理課には、結構……気の強い女性が揃っていることで有名なので、思わず腰が引けてしまう。

「相談もせずに悪いとは思ったけど、桜子ちゃんはうちの大事な戦力だから出せませんってお断りしたの。専務のこともあるし。よかったかしら？」

「はい。あの、ありがとうございます」

「よっぽど桜子ちゃんが欲しかったのか、もうすぐ三年目なんだから異動は当然とか言ってきてね。私が十年以上異動していないのを承知で、喧嘩売ってるのかしら……」

うふふと無表情に笑っている葉子さんが怖い。その逆鱗（げきりん）に触れたであろう経理の課長に同情しつつ、当面はまだ庶務課にいられることに安堵した。と同時に、自分の能力を思わぬ形で評価されたことが嬉しくて、恥ずかしくて、くすぐったくて、笑った。

評価してもらえたことは嬉しいけれど、庶務課からは離れたくない。そんな我儘な私の頭を、玲奈さんが優しく撫でてくれる。たぶん、私の我儘な気持ちもわかった上で。

「あげへんもんね、桜ちゃんは戦力であると共に、うちと葉子さんの癒しやから」

そう言って、私の心の負担を軽くしてくれる。

「それに、そんなことしたら専務がキレるわね。経理は男性社員の出入りも多いし」

「うん、専務はほんまに桜ちゃんが絡むと人間変わるよな。で、仕事の合間を縫って桜ちゃんに会いに来とるわけか。……逆やな、桜ちゃんに会う隙間を縫って働いとるよな、あの人。ほんま愛されとるなあ」

「……忍のあれは、思い込みですから」

——そう。忍の「初恋」はただの思い込みだ。ある人にそう誘導された、作られた初恋。

だから私は、忍の言う「初恋」も「好き」も、信じない。

2

——忍が周囲に声高に主張する「初恋」とは、作られたものである。

私の、父方の祖母である七瀬桃子（とうこ）は、鷹条本家のお嬢様だった。平々凡々とした私が鷹条商事に入社できたのも、そのおかげだ。

そもそも、幼かった私と忍が会うことになったのは、祖母とその弟・圭一郎のある企（たくら）みによってだった。

当時忍は、曾祖父である煉（れん）のもとで暮らしていたらしい。曾祖父は初めての曾孫である忍を溺愛しており、決して手元から離さなかったそうだ。それというのも、忍が早逝（そうせい）した曾祖母によく似ていたからだという。

そうして、生まれる時代を千年ほど間違えた趣味人の曾祖父に溺愛されながら、忍は武蔵野（むさしの）にある広大な屋敷で育てられていた。

しかし忍は、本家の跡取りとして幼少期から様々な教育を受けなくてはいけない身。圭一郎おじさま達が何度返すよう言っても、「年寄りのたったひとつの生き甲斐を」と泣かれては、無理に忍を奪い取ることもできなかったようだ。

だが忍が四歳になる頃、圭一郎おじさまから、ついに私の祖母に救援要請が入った。

このまま曾祖父のもとで育てられては、忍が曾祖父同様の、「風流人」「趣味人」――といえば聞こえはいいが、偏屈で人嫌いな性格になってしまいかねない、と。

姉弟二人が話し合った結果、忍を無理に取り上げるのではなく、忍の意思で外に出たいと言わせれば問題ないのではという結論に達したそうだ。

そうして忍と同い年だった私は、祖母に連れられて、初めて武蔵野の屋敷を訪ねた。同じ年齢の子供と仲良くなれば、忍も自発的に外へ出たがるのではないかと考えたのである。

しかし、事態は思わぬ方向に転がった。

「はじめまして、ひいおじいちゃま」

祖母に教えられたとおりに挨拶した瞬間、曾祖父の表情が固まった。まるで信じられないと言いたげに私を見つめたあと、片時も手元から離さなかったもう一人の曾孫、忍を抱き寄せて――

「忍。この子が、おまえのお嫁さんになる子だよ」

そう、言ったのである。

その頃の忍にとって、曾祖父は絶対的な庇護者であり、無条件に愛情を注いでくれる人だった。忍は素直に、「大好きなひぃおじいさま」の言葉に頷いた。

「お父様。いくら何でも急すぎでは……」

「桃子、これは決定だ。圭一郎にもすぐに知らせよう。……桜子、この子は忍だ。おまえ達は、はとこになるのだよ」

「はと、こ……？」

曾祖父が祖母に勢い込んで話しているが、私にはよくわからなかった。そんな私に、忍はにっこり笑いながら説明してくれる。

「ぼくのおじいさまと、さくらちゃんのおばあさまが、きょうだいなの」

「そうなの？」

幼い私達のやり取りを聞いて、曾祖父は感涙（かんるい）していた。

「菫子（すみれこ）の声を、また聞けるとは……っ」

そんな曾祖父の様子に、祖母は戸惑った表情だった。

「お母様の声、ですか？」

「桜子の声は、菫子によく似ている」

「お父様。桜子はまだ四歳にもなっていませんが」

幼児の声を、妻と同じ声質だと聞き分けられる繊細（せんさい）さ。趣味と風雅の世界に生きてきただけあって、曾祖父はそういう感覚がずば抜けていた。

「忍は、菫子によく似ている。桜子が忍の子供を産んでくれれば、もう一度菫子に会えるのだよ、桃子」

二十代で亡くなったという曾祖母を、曾祖父は今も変わらず愛し続けていた。それこそ、妄執に近いくらいに。

「わかったね、忍。ひいおじいさまのお願いだ、聞いてくれるかな?」

「はい、ひいおじいさま」

そして、私の意思をすっかり無視して、忍は絶対的存在である曾祖父に固く誓った。

「ぼく、さくらちゃんとけっこんします」

――これが、忍の言う「初恋」の真実だ。

子供の頃ならともかく、今の流れで「さくらは俺の初恋だもん」や「さくらは特別なんだよ」と言われて、誰が納得するだろう。誰が信じる?

忍の言う初恋は作られたものであり、曾祖父にお願いされた「特別」だ。

しかも目的は私ではなく、私の産む娘。

私は、曾祖父の「菫子にもう一度会いたい」という願いを叶える為だけに結婚したくはない。

忍だって同じだろうに、彼は曾祖父に溺愛されて育った為か、その願いを叶えることに何の疑問も感じていないのだ。

更に、圭一郎おじさまにとっても、忍の意識を「外」に向けるには、曾祖父の申し出は好都合だった。その為、曾祖父の意を汲んだ祖母と圭一郎おじさまにより、私達は頻繁に引き合わされるようになった。忍は私に異常に懐くようになったし、事情を呑み込めないながらも、武蔵野に住む綺麗なはとこは、私の一番近しい遊び相手となった。

そして、一年が過ぎる頃。

「さくらちゃん。おおきくなったら、ぼくのおよめさんになってくれる？」

武蔵野の、曾祖母が愛していた薔薇園で、忍は私にそう言った。

「しーちゃんの？」

「うん」

「やだ。さくらはおよめさんになるのはいや」

「え、どうして？」

断られるとは思っていなかったのか、忍は不思議そうに首を傾げた。その愛らしさに負けた私は理由を説明した。

「およめさんはね、かわいい子しかなっちゃいけないの」

――当時私が通っていた幼稚園では、おままごとの際の配役決めにはものすごく厳しいルールがあった。決められた可愛い子以外が「およめさん」役をやろうものなら、即座にハブられ身の程を思い知らされるのだ。

忍から求婚された日の前日、私はその現場を目撃してしまった。

わりと可愛いミホちゃんが、とても可愛いルミちゃん達に「どうして勝手におよめさんになったの」と厳しく責められていたのだ。

自分はそれほど可愛くない、と幼いながらも自覚していた私は、忍の「およめさんになって」という言葉を反射的に断っていた。

すると忍は、にっこりと天使の笑みを浮かべながら馬鹿の極みを口にした。

「それなら、ぼくがさくらちゃんのおよめさんになるよ。ぼく、かわいいからだいじょうぶだよね？」

「うん。しーちゃんは、ルミちゃん達よりかわいいから、いいよ」

「じゃあ、やくそくだよ。さくらちゃん、ぼくとけっこんしてね」

「わかった」

自分の外見が、超がつくほど可愛らしいことを自覚していた忍の作戦勝ちか。それとも、深く考えずに返事をしてしまった当時の私が、忍を上回る馬鹿だったのか。

――以来、忍は「口約束だけど婚約した、誓いのキスもした」と言って憚らないのである。

ちなみに、この時のキスは、額に唇を当てただけの、子供騙しである。決して誓いのキスなんてご大層なものではないと、私の名誉の為にはっきり言っておく。

二人の関係がそんな風に作られたものであると言い張っていながら、何故、私は今も忍の傍にいるのか——

簡単なことだ。私も忍のことが好きだからである。

いつもの月曜日の午後。玲奈さんが私のデスクまで来て頭を下げた。

「七瀬ちゃん、ごめん！　これ、総務課に出して来てくれへん？」

そう言って、クリアファイルに入った書類を差し出す。

「総務課ですか？」

「ほんとごめん、別件で、手がいっぱいになってもうてん」

葉子さんは、電話の取り次ぎと来客対応がある為、午後は庶務課から離れられないそうだ。

「わかりました。すぐに行ってきます。他に行くところはありますか？」

私の担当する社史編纂（へんさん）は、特に期限があるわけではない。玲奈さん達の役に立つなら手伝いたい。

「あー……できたら、第三営業部と秘書課もお願いしたいかな……」

「はい。砂川課長にも、御用件がないかお伺（うかが）いした方がいいでしょうか？」

「……それはやめといたり……監視カメラはのうても、専務が察知しそうや」

玲奈さんの言葉を否定できない自分がいた。

「それじゃ、行ってきます」

「ごめんな。気ぃつけてな」

「男性社員に声かけられても無視するのよ、七瀬さん。フォローは私がするから」

挨拶以上はしなくていいと二人に念を押され、私は庶務課を出てエレベーターホールに向かう。

幸い、やって来たエレベーターの中に、男性社員は乗っていなかった。

ほっとしながら乗り込むと、先客の綺麗な巻き髪の女性が私を一瞥し、すっと眉をひそめた。

……だからエレベーターに乗るのは嫌なのよね。低層階の庶務課はエレベーターを使うな、と態度で表してくる人がいるし。とはいえ、二階の庶務課から、各部署まで、十五階以上も階段を上っていく体力なんてない。

やがてエレベーターは総務課のある十五階に着いた。エレベーターを降りる時、小さく女性に会釈してみたけれど、速攻でドアを閉められてしまう。

総務課と第三営業部には、玲奈さんが事前に連絡してくれたみたいで、すぐに女性社員が出てきて受領書を渡してくれた。やっぱり、こうしてきちんと受け取ってもらえた方が安心する。社内書類ボックスへのポストインだけだと、相手に届くまでにちょっと時間がかかるし。

さて、あとは秘書課だ。

……正直、かなり気が重い。

秘書課は、最上階の役員フロアにある。ここには忍の部屋もあるし、なるべくなら行きたくないと思っていた場所だ。

それに秘書課は――今朝、葉子さんから聞いた「専務に当たって砕けた十八人目の女性社員」がいる部署だ。私から言わせればただの甘ったれだが、忍は対外的には「クールな御曹司」で通っている。確かに、黙っていれば冷たいほど整った美貌ではある。更に鷹条グループの跡取り、華やかな学歴、由緒正しい血筋のセレブ、おまけに姑は海外暮らし。本人曰く「俺ってなかなかの好物件だと思う」は伊達ではない。

よって社内に限らず、我こそはという女性が非常に多い。社外の人より機会の多い社員達は、当たっては砕けている。

葉子さんによると、玉砕した女性は秘書課の中里美春さん、二十五歳。金曜日に忍に告白して、その場でお断りされたらしい。それを私が申し訳なく思う必要はないのだけれど、何となく気が重い。

だけど、頼まれた書類はきちんと届けなくてはならない。

覚悟を決めた私はエレベーターを降りて、秘書課の受付に向かった。すると、そこに座っていたのはさっきエレベーターで一緒だった巻き髪の女性。彼女は私を見た途端、それまで浮かべていたにこやかな笑みを、瞬時に消した。

「庶務課が、役員フロアに何のご用かしら」

「あの」

「この先は役員の皆様がいらっしゃるの。そんな場所に、庶務課が何のご用？」

「書類を、届けるようにと……」

何とか用件を伝えるけれど、巻き髪の女性——ネームプレートで確認、中里美春さん——は、まるで受け付けてくれない。

「庶務課なんかから受け取るような書類、ここにはないわ。そうよね？」

中里さんは、隣に座っている女性に声をかける。その女性も、中里さんに同調するように頷いた。

「そういうことですから、お引き取りください。必要があったら、こちらから呼びますから」

「待ってください、せめて確認をしてもらえませんか」

内容の確認もせずに追い返されて、必要だったらまた持ってこい、なんて。さすがに私も、はいそうですかと頷けない。

「そろそろ、お約束のお客様が見える時間なの。――警備員を呼んだ方がいいかしら？」

「……っ」

咄嗟に言い返せなくて、私は俯いた。

私が、もっとしっかりしていたら、こんな風にあしらわれることはなかったのかもしれない。私は自分自身にこれじゃ駄目だと言い聞かせる。社会人になってもうすぐ三年目。簡単なお使いひとつ満足にできないなんて、情けないにも程がある。

何より、ただ、低層階にあるというだけで庶務課を馬鹿にされて引き下がれるかという思いがあった。

「確認をお願いします。庶務課が二階にあることと、この書類の受け取りは関係ありません」

俯いていた顔を上げ、私は真っ直ぐ中里さん達を見てそう言った。虚勢と笑われたって構わない。私は、この書類を届けに来たのだから。

「……あなた」

完全に見下していた私が逆らったからか、中里さんの眉がつり上がる。私は、震えそうな足を踏ん張るのが精一杯だった。

「中里さん……」

隣の女性が、さすがに見かねて中里さんを宥める。その時。

「……何をやっているんですか？」

背後から、聞き慣れた声が聞いたことのない冷たい口調で響いた。目の前の中里さん達が蒼白になる。

「せん、む……」

「何をやっているのかと聞いたんですが？」

抑揚のない冷淡な声に、中里さんはびくっと震えた。

確かに忍の声なのに、私の知る忍とは明らかに違う。私は、怖くて振り返ることができない。

「きょ、今日は、専務は出張だと……」

「……何度も繰り返させないでほしいな。何をしていると聞いたんだ」

苛立ちを隠さない声は、命じることに慣れきった尊大さがあった――なのに、私はその声に魅了される。

「いえ……専務にお気遣いいただくほどのことでは……」

「あるかどうかは俺が決める。――秘書なんかが決めることじゃない」

相手の言葉を厳しく遮ると、靴音を響かせて、専務――忍が私の隣に立った。

「庶務課からですか？」

「……はい」

これがビジネスモードなのか、いつもの甘えた口調ではなく、落ち着いた口調で静かに問いかけてくる忍に……私は少しだけ怯んでしまう。

私の怯えを察したのか、忍は中里さん達に見えない角度で、やわらかく微笑んだ。その表情を見て、強張った体から力が抜ける。思えば私は、ビジネスモードの忍をまったく知らなかったのだと、初めて認識した。

「市川常務宛の報告書と、鷹条専務――俺宛の報告書ですね。確かに」

受け取ったあと、色素の薄い双眸が私を映して笑う。

「……俺は、受領書を持っていないのですが、あなたは持っていますか？」

「あ、は、はい。お待ちください」

私は急いで持参していた受領書を渡して、サインをもらう。

そういえば、忍にいつも付いている秘書の滝上さんの姿が見えない。今日は別行動なのかしら。

「市川常務には、俺から渡しておきます」

「はい。ありがとうございます」

「専務……⁉　何かございましたか⁉」

騒ぎを聞きつけたのか、秘書課のオフィスから三十代半ばくらいの、落ち着いた美人が出てきた。中里さんが更に蒼白になったので、上司なのだろう。

「……仕事をしない者を受付に座らせるな」

忍は、低い声でそう言った。

「仕事を、しない……？」

「書類の受け取り拒否の判断を、独断でやるような秘書はいらない」

忍は冷たく言い捨てた。瞬間、オフィスから出てきた美人さんの顔が般若になる。

「教育はあなたに任せる」

「承知いたしました」

美人さんが一礼すると、忍は中里さんをちらりと見遣って——そのまま、奥の役員室に歩いて行く。

ビジネスモードの忍は整いすぎた顔立ちの冷たさが増して、綺麗だけれど、ちょっと怖い。

でも……もしかして……助けに、来てくれたのかな。

真っ青になった中里さん達の前で、般若顔になった美人が仁王立ちしている。

「ごめんなさい。失礼があったみたいで……」

「いえ。こちらこそ、お手数をおかけしました」

私の言葉に美人さんはふわりと微笑んだ。そして、すぐにまた般若になって中里さん達に向き直っていた。……あちらの自業自得とはいえ、居心地の悪くなった私はエレベーターホールに急いだ。

「森さん。総務と営業と秘書課に、書類を届けてきました。これが、受領書です」

「秘書課もイケた?　大丈夫やった?」

「はい」

よかったぁぁぁと、玲奈さんは大袈裟なくらい大きな安堵の声を漏らした。

「秘書課はヤバいと思うてん。あとになって、マズいと気づいたんよ。あそこの社員、キッツいのが揃うてるし、うちが行けばよかったって思うてたら、専務が来はったから」

「すごくいいタイミングで来ましたよ……見てたのかと思うくらい」

私がぼそっと言うと、玲奈さんは苦笑しつつ受領書を確認し始めた。

「やっぱり苛められてたんや。秘書課は、基本的に他部署の女見下してるからなー」

「そうなのよね。困りものだわ。——それで?　七瀬さん、誰に何を言われたの?」

葉子さんも呆れたように話に乗ってくる。何を言われたっていうか……私がちゃんと対応できなかっただけというか。

「えっと……書類を受け取ってもらえなくて。結局……専務に渡しました」

秘書課でのやり取りを私から聞き出した葉子さんは、困った様子で溜息をついた。

「秘書課の時の後輩から公私混同甚だしい勘違い娘が部下にいるって聞いてたけど、なるほどね……苦労してそうだわ。鷹条の社員の質が落ちたと思われかねないし」

「ほんまや。七瀬ちゃんが持ってった、専務宛のお宝書類を受け取らんかったなんて。専務、かなりお怒りやろうなあ」

確かに、怒っていた。忍は私の前ではいつも笑っているから、あんな冷たい顔は見たことがない。そこでふと、玲奈さんの言葉に気になる単語があったと気づく。

「お宝書類……？」

「んー、七瀬ちゃんに頼んだ専務宛の書類なあ、中身は、七瀬ちゃんの写真その他諸々やねん」

「ええ!?」

玲奈さんはさらりと言ってのけた。ちょっと待って、いつ撮影したの!?

「先週末、ご飯行ったやん？　専務、七瀬ちゃんとディナーしたかったらしくてな。うちらが先に約束してるって知ったら諦めた――というか『さくらの写真撮って現像して』って言われてん」

――だからあの日、いつになく玲奈さん写真撮ってたのか！　ＳＮＳに上げるような人じゃないから、不思議に思ってたんだけど。

「……森さん」

「昇給とボーナス査定に関わるって言われたら、仕方あらへんやん。先立つモノは必要やで、七瀬ちゃん。けどなぁ、うち、七瀬ちゃんを庶務課から出してしもうたから……ヤバいな」

うっかりしとったわー、と玲奈さんはデスクで頭を抱えている。

「あの、私は、庶務課から出たらいけないんですか？」

「うん。できるだけ庶務課から出さんように、とは言われとる。男との接触の確率上がってしまうからな。せやのに、うち、七瀬ちゃんにお使い頼んでしもうたわ……」

「代わりに行かなかった私も同罪よ」

葉子さんも苦笑している。だけど私は笑えない。

忍の過保護な独占欲は、仕事に差し障る。ただでさえ、男性社員のお手伝いは何もさせてもらえないのに。今の私は、相手が男性というだけでコピーやお茶汲みすらできないのだ。一番の下っ端が、一番気を使われているなんて、明らかにおかしい。

「……専務には、私からお願いしておきます。すみません」

でも、と私は忘れず玲奈さんに釘を刺した。

「写真とかは、やめてくださいね」

「盗み撮りやないし、かまへんやん」

「森さん」

「この際だから白状するけど、私はこの半年間の七瀬さんと男性社員の接触について報告してるわ。具体的には、庶務課以外で七瀬さんが挨拶（あいさつ）した相手とかね」

何でもないことのように葉子さんがぶっちゃけた。

何なの……もしかして私、忍の監視網の中で生きてるの？

呆然として言葉も出ない私に、玲奈さんが不思議そうに聞いてくる。

「七瀬ちゃんは専務の何が不満やの？　あんなに七瀬ちゃんにベタ惚れやのに。独身イケメンのセレブが日本に何人もおると思うたらあかんよ？」

そう言って、玲奈さんは書類をトントンと揃える。だけど、私の答えは、いつもと変わらない。

「忍の初恋は思い込みですから」

「七瀬ちゃんのそれも、思い込みに思えるんやけどなあ……何で七瀬ちゃんは専務に素っ気ないん？　うちは、専務は綺麗すぎて好みからちょっと外れるけど、百人中百人が美形って認める顔やん？　背も高いし、スタイルも、そこらのメンズモデルよりバランスよろしいし」

忍の顔は確かに極上だ。そして私は平凡を絵に描いて地味で色づけした容姿である。

「……あの顔の隣に並びたくありません」

「うーん、忠告やけどな、七瀬ちゃん」

「はい？」

玲奈さんが、苦笑しながら私を呼んだ。普段の明るいノリではなく、少し真剣な心配そうな口調だった。

「そこそこ相手したらんと、そのうち専務、爆発するで？　そしたら、専務が七瀬ちゃんにご執心なこと、あっという間に会社中に広まるからな」

今のところは、庶務課内だけで済んでいる忍の執着が社内に知れ渡る——その結果、どうなるか。

「中里さんみたいに、専務に当たって砕けた女からの逆恨み、ガチでくるで」

女の人の逆恨みはお断りしたい。

「そういう子は何故か自己評価が高いものね。でも、七瀬さんを苛めたりしたら、私がシメるわよ」

「いやいや、その前に専務が殲滅するて、葉子さん」

……忍は、そこまで暴君ではないと思うけど。

当事者である私を無視して交わされる二人の会話に、私は頭が痛くなってくる。ただ、忍ならやりかねないという危惧もあるから、私は敢えて頭を空っぽにして、仕事に没頭した。

翌朝。出社した私は毎日の日課である掃除を始める。

もうすぐ三年目とはいえ、庶務課では下っ端なので、朝は一番に出勤して軽く部屋の掃除をするようにしている。専門の清掃業者が入るとはいえ、基本的にデスクや棚には触らない。だから、放っておくと結構汚れていたりするのだ。

「さくら、おはよう」

「……おはようございます」

ドアを開けて入ってくるなり、私を見つけた忍はにっこり笑った。以前は、パーティションの陰に隠れていても見つかった。忍には、私を見つけるセンサーでも付いているのかしら。

「毎日偉いね、さくら。すごい、可愛い」

「私には、これくらいしかできないもの。それから、可愛くない」

実際、私の仕事である社史編纂は、期限の切られていない仕事だ。だから私としては、手が空いた時は、庶務課のアシスタントとして働きたかったのだけれど——忍のおかげで、それは夢と消えた。

固く絞ったタオルでデスクを拭きながら、何度か給湯スペースと行き来する。バケツを用意してもいいんだけど、蹴倒したら悲惨だものね……

「さくら、今日空いてる？　夕飯、一緒に行こう」

「嫌。職場で、仕事に関係ない話はしないで」

私のつっけんどんな返事にも、忍はまったく動じない。

「始業三十分前だよ。庶務課は早出も残業もないし、まだ誰も来ない。それにさくらは、タイムカード切ってないよね。だから今はプライベートのはずだ」

私が早出するもうひとつの理由は、朝の満員電車を避けたいからだ。一時間早く家を出るだけで、通勤は随分楽になる。そしてその時間を使って、掃除をしている。

「それに、この間、意地悪な秘書から助けてあげたよね、デートは無理でも食事くらいはしてくれてもよくない？」

それを持ち出されると弱い。助けてもらったのは事実だから。

「……」

「都合が悪くなるとすぐ黙るんだから。——ほんと、我儘(わがまま)で可愛いな、さくらは」

笑みを含んだ声に、体が震える。時々、忍は意地悪な言葉を、艶(つや)のある声で私に言う。

「……忍」

「声が震えてる。俺はさくらに何もしないのに、最近は警戒心全開だね——すごく、可愛い」

忍の声と視線に、びくりと震えた。捕食者を前にした時のような怯(おび)えと、僅(わず)かな興味が私の中に芽生(めば)える。このところ、私の知らない忍が、少しだけ顔を出すようになった。

「何もしないよ。だからそんなに怯えないでほしいな」

両手を降参の形で上げた忍は、困った様子で首を傾げた。

「ごめん。さくら、逃げないで」

「……逃げて、ない」

自分でもわかるくらい怯えた声で答えて、私は逃げるみたいに掃除用具を片づけにいった。忍の見せる執着が、私は時々怖くなる。

「ごめん。俺が悪かった」

つい焦るんだよねと、忍は溜息をついて意味不明な呟きを漏らす。

「……うん」

私は、意識を変えたくて、お花に水をあげにいく。そのあとを、忍が黙ってついてきた。

私は階段で三階に上がり、庶務課に割り当てられている第五会議室に入る。といっても、会議室とは名ばかりで、ここで会議があったことは私が知る限り一度もない。

風通しのいい窓際には、胡蝶蘭をメインにいただきものの花が綺麗に飾られていた。

その花にはすべて、送り主が記されている。宛先は営業だったり、開発だったり色々だ。

事あるごとにいただくお花のお手入れは、庶務課の仕事。そして、ここの鉢植え達は、送り主たる取引先さんがご来社する時だけ、その部署に持って行かれるのである。

「えーと、如雨露は……あった」

「俺も手伝う」

「如雨露はひとつしかないし、忍はもう専務室に戻りなさいよ」

「嫌だ」

一言で拒否された。私は忍に構わず、給湯スペースで如雨露に水を入れ窓際に向かった。忍はといえば、給湯スペースから私を眺めている。そんなことをしているくらいなら、専務室で仕事をしたらいいと思うのに。

その時、突然ノックもなしに会議室の入口が開いた。見ると、スーツを着た三十代ほどの男性社員が立っている。彼は、私を認めた途端、乱暴な口調で問いかけてきた。

「野宮製鉄さんからの胡蝶蘭、どこ？」

「え」

「だから、野宮製鉄さんの胡蝶蘭だよ！」

突然大声で言われて、私はびくっと震えた。中学以降はずっと女子校に通っていた私は、男性が苦手だ。特に大声で怒鳴られることが怖い。忍はそれを知っていて、私の前では幼い頃と同じように接してくれていることもわかっていた。

だけど、忍じゃない人には——どうしていいかわからない。そして、忍じゃない男の人は、私の恐怖心なんて気にも留めてくれない。

「す、少しお待ちください」

私は如雨露を置いて、焦って鉢植えの近くに寄った。毎日水やりをしていても、配置がころころ変わるので、すぐには答えられない。

「確か、野宮製鉄さんのお花は、ピンク色で……」

「ああ、もういいよ、自分で探すから。ったく、マジで使えないな、庶務課は！」

ピンクの胡蝶蘭は少なかったので、すぐに見つかったらしい。窓際に置いてあった鉢を抱え、男性社員は私を睨んで会議室を出て行った。

「……あ！」

乱暴に鉢を取られた為か、窓際に置かれた他の胡蝶蘭の茎が大きく揺れている。やがてぐらりと傾き窓際から落ちそうになった。

私は慌てて鉢植えを支えようと駆け出して、自分がバランスを崩してしまう。

「……きゃっ！」

「さくら！」

背後から焦った声が聞こえた。転倒を覚悟して目を閉じた直後、強い力で抱き締められる。そしてすぐに、ガツッと重い音がした。

私は、おそるおそる目を開けて、息を呑んだ。

眼前には、カーペットに散らばった土と欠けた鉢があった。背中にぬくもりを感じて振り返ると、すぐ近くに眉を寄せた忍の綺麗な顔が見える。その肩や頭に、土がついていた。

「し、のぶ……」

忍は左腕で私を抱き込み、体重をかけないように右腕で体を支えていた。思いがけない腕の強さに、忍が男性であると改めて認識させられる。

「……さくら、大丈夫？」

忍の声が耳元をくすぐった。甘いバリトンに宿る僅(わず)かな焦り。

窓際から落ちた胡蝶蘭(こちょうらん)の鉢は、忍に当たったたらしい。床で割れている欠片(かけら)を見て、私の声が震える。

「忍、怪我……」

「——くそ、あの馬鹿のせいで、さくらが怪我してたら許さないからな……！」

いつになく乱暴に言って、忍は私を見下ろした。

「ご、ごめんなさ……」

「さくら。俺は、さくらに大丈夫かって聞いたんだけど」

答えを聞くまでは安心できないと言うような口調で、忍は私を抱く力を強めた。

「だい、じょうぶ」

そう答えると、忍はホッとした様子で深く息をついた。そして、体を起こして座ると、私を正面から抱き締めてくる。

　忍の首筋に顔が押しつけられ、ふわりと澄んだ香りがした。

「忍こそ、怪我は？　それに、髪とスーツ、汚れてる……」

「さくらが無事ならいい」

　私は膝立ちして、忍の髪についた土を払った。

「……あいつ、第二営業部の綿貫（わたぬき）だな。……あとで対処しておくか……！」

　忍は、ぎりっと歯を噛みしめ、目付きを鋭くしている。

「い、いいの。私がすぐに鉢植えを見つけられなかったから」

「よくない。さくらは他人に優しすぎる」

　忍の右手が、私の髪をくしゃりと握り込む。苛立ちを抑えようとしているのか、綺麗な指が何度も私の髪を梳（す）いた。その優しい指の動きに、私の胸はとくんと高鳴った。

「……本当に、怪我はない？」

　そう言うと、忍は私の手を取って、じっと見つめてくる。

「さくらの手、土で汚れちゃったね」

　忍は私を立たせて、給湯スペースに連れて行く。勢いよく水を出して、忍は私の手を洗ってくれた。そのすごく優しい指の動きが、妙に艶（なま）めかしく感じる。

「ねえ……忍こそ、医務室に行かなくて平気？」

「んー、平気」

忍に丁寧に洗われた手を、そっと離そうとすると、指を絡めてくる。間近でじっと私を見る瞳は、とても綺麗だ。

そこに映る私は、少し怯えた顔をしている。

「……しのぶ？」

私を見つめたまま、忍は私の手に舌を這わせた。

「――な、に、するの！」

羞恥と驚きでぱっと手を引き抜く。心臓が、あり得ないくらい高鳴っている。

「さくら、真っ赤になってる。――可愛い」

嬉しそうに、忍が私に一歩近づく。私は更に一歩後ずさった。それを何度か繰り返しているうちに、私の背中がパーティションにぶつかった。

「さくら」

いつもより低い忍の声は、ぞくっとするほど蠱惑的だった。

綺麗で、艶めかしくて、――怖い。

「やだ、忍、怖い」

堪えきれずに、私は両手で自分の体を抱き締めた。

――怖い。それ以上、私に近づかないで。私の心をかき乱さないで。

「うん、ごめん。ごめんね、さくら」

困ったように微笑んで、忍は少し距離を開けてくれた。さっきまでの「怖い」忍ではなくなり、私はゆっくりと安堵の息を吐いた。

「ごめん。怒った？」

「……怒ってない」

怒ってはいない。ただ怖かっただけだ。そのことは、忍もわかっているらしい。

私達はしばらく無言で過ごした。けれど、静かな空間に耐えきれなくなるのは、いつも私の方だ。

「忍」

「はい」

「えっと……スーツに、鉢植えの土が……」

「うん」

「その……クリーニング代……」

おいくらですか、とは聞きにくい。かといって、忍がいつも言う「さくらはそんなこと気にしなくていい」は、さすがに頷けない。

だって私は知っているのだ。忍の着ているスーツは、吊るしでも百万はくだらないブランドもの、あるいはビスポークだということを。

「じゃあ、その代わりに、俺がお願いしなくても、仕事中でも忍って呼んで。あと、敬語も使わないで」

「え?」

「スーツなんてどうでもいいけど、何かしなきゃ、さくらは落ち着かないんだよね。だから、俺のお願いを聞いて。敬語は距離を感じて寂しいんだ」

結構切実なんだよと、茶化すように笑われた。

「……駄目? 要求しすぎ? 庶務課だけでいいって言っても駄目?」

そうだよね、勝手に手のひら舐めちゃったもんね、俺……と呟いて、私の羞恥心を煽るのはやめてほしい。

「……二人きりの時か、庶務課でも……葉子さんと玲奈さんしかいない時なら。それ以外は、仕事だから」

溜息をついて言うと、忍は花が綻ぶみたいな笑みを見せた。この形容が似合う男性というのもすごい。

気づくと、始業時刻が迫っている。私は急いで花に水をやって、会議室を出る。汚れたスーツを専務室で着替えてくるという忍とは、ここで別れた。

何とかギリギリのタイミングでタイムカードを押し、私は庶務課の自席に戻る。椅子に座りながら、微かに鼓動が速くなっている胸を押さえた。

――ああいう……見たことのない忍は、私の心臓を壊しそうで、怖い。でも――同時に強く惹きつけられるのだ。

3

始業ベルのあと、パソコンの社内メールを確認していると、私宛に一件のメールが届いていた。珍しいなと思って開いたら、滝上さんからのヘルプ要請だった。

滝上祐一（ゆういち）さんは、忍の専属秘書をしている人だ。現在三十二歳の、既婚男性。元々滝上家は、鷹条家の家令をしていたお家（うち）だったそうで、先祖から変わらず鷹条本家に仕えている。滝上さんも、小さな頃からお父上に連れられて、武蔵野の屋敷で忍の遊び相手を務めていた。それも「将来は忍様のお役に立つ為」とのことらしい。

そんな滝上さんは、忍にとって、秘書というより歳の離れた兄のような存在だ。滝上さんという、気心の知れた信頼のおける相手がいるからこそ、忍は毎日庶務課に入り浸（びた）っていられるのだと思う。

滝上さんに言わせると、信頼という名の甘えらしいが。

『来週から十日間の予定で、パリ出張です』

滝上さんからのメールは、たった一行だけだった。ちなみに件名は、『説得をお願いします』だ。

これは滝上さんに愛想がないのではなく、必要最低限の内容にしないと、覗き見した忍が拗ねるからだ。それにしても……

「パリ、かあ……」

忍は、私の傍を離れることを嫌う。特に、海外出張や取引先での打ち合わせなど、長期に渡るものはできるだけ回避しようとする。

そんな忍に、パリ出張、しかも十日間なんて、どうやって納得させればいいのか。

でも、私はこのメールを無視することはできない。

何故なら滝上さんは、庶務課に忍のアホ発言を詫びた上、鷹条家の親戚という私の素性が知られないように、各所に手を回してくれた恩人だ。その人からの頼みごとを断るなんて、仁義に反する。

「さくら、パリに行きたいの？　俺、留学してたから案内できるよ？」

私の呟きを耳ざとく聞きつけた忍が、隣の席からうきうきした様子で問いかけてくる。

「忍。来週からパリに行って。十日間」

「え、婚前旅行のお誘い？　なら、俺のスケジュールはいつでも空ける！」

忍は嬉しそうにスケジュール帳を広げているが、誰がそんなものに誘うか。

「婚前旅行じゃないし、私は行かない。出張だから」

「ごめんさくら、俺、スケジュールが埋まってて」

あっさり前言撤回して、忍は潔く頭を下げた。その潔さはよしとするけれど、嘘はよくない。

「さっき、いつでも空けるって聞いたけど」

「さくらの為じゃなきゃ空けたくない。というか、俺はさくらと一緒にいなきゃならないから、常にスケジュールは埋まってる」

そんな義務はないでしょうと溜息をつきたいのを堪えて、私は忍に向き直った。真正面から顔を見ただけで、忍は嬉しそうな笑顔になる。

「仕事だから、パリに行ってきて」

「俺だって、さくらの言うことは聞いてあげたいけど、こればっかりは無理。ああ、さくらが一緒に来るなら――って、駄目だ。パリなんかに連れていったら、あっちの男にさくらが口説かれて大変だ」

じゃあ、イタリアか……駄目だラテンの国は却下などと、一人でぶつぶつ言っている。

ラテン系の人すべてが、「女性を見たら、すぐにジュテームとかモナムールとか言って恋に落ちる」みたいな偏見を持ってはいけないと思う。

「真面目な話だから茶化さないで。ちゃんと忍の仕事をして」

「俺、さくらの社史編纂を手伝ってるから、忙しいんだ」

「嘘言わないで」

「そんなことないよ？　ここ、入力が抜けてたから直しておいた」

そう言って、忍は私のパソコンとサーバー共有している（させられているとも言う）フォルダから「歴史年表」を開いた。

「え、どこ？」

勝手に直されても困るが、ミスなら訂正しなくてはいけない。しかし、モニターを覗き込む私に忍が示したのは……

「ここ」

――二〇××年、鷹条忍、桜子（旧姓・七瀬）と、〇〇ホテル鳳凰の間で華燭の典。

私は、黙ってその一行を削除した。

「ひどい、さくら。せっかく女性人気の高いホテルとプランにしたのに」

忍が大げさに嘆くふりをする。そんな彼に、私は冷たい視線を向けた。

「そういうことは、相手の同意を得てからにして」

それまで私達の馬鹿な会話を眺めていた玲奈さんが、不思議そうに聞いてきた。

「専務、どうやって調べはったん？」

「広報部使って、二十代女性の憧れのウェディングプランのアンケートを取ってもらった」

　公私混同どころの話じゃなかった。広報部にどんな理由を付けて、そんなことをやらせたのか。

「さくらと俺は、婚約して二十年だし。そろそろ遅すぎた春を迎えるべきだと思ってね」

　忍は胸を張って、得意げに答えている。

「あれを婚約だと、まだ言うの」

「指輪もちゃんと贈ったし」

　ええ、押しつけられていますとも。鷹条家の「次期当主夫人」が、代々受け継ぐという馬鹿高い指輪をね。いつの間にか、私の同意なく祖母が受け取っていた。

「でも、結納がまだだしなあ。……さくらが結納してくれるなら、パリに行ってもいいよ」

　忍は綺麗な笑みを浮かべながら、私の顔を覗き込んでくる。

　思わず『ふざけるな！』と叫びそうになった私に、斜め前から救いの声がかけられた。

「あかん、あかんわ、専務。そんなのはあかん。七瀬ちゃんの一生は、パリ出張なんぞと天秤にかけられる程度のもんなんか!?」

　どうやら忍の発言は、玲奈さんの怒りのポイントに触れてしまったらしい。

「早く先に進みたい気持ちはわかるけど、それはあかん！　自分で七瀬ちゃんの価値を下げてるんやで、そんなことしてええのか、惚れとるんやろ！」

バンバンとデスクを叩いて、玲奈さんは怒りを表現している。何だか可愛い。

「もちろん惚れてるし、愛してる」

「せやったら、そないな条件出したらあかん！　男の格も下がってまうで。もっと軽いのにして、確実に距離を詰めて仕留めるんや」

真顔で物騒なことを言う玲奈さんに、忍はうんうんと頷いた。

「ありがとう、玲奈ちゃん。こういう時、女の人の意見は参考になるね。じゃあ、さくら、今日のお昼を一緒に食べよう？　そうしたらパリに行くよ」

そして即断即決即実行。少しは悩んでほしい。

「え、でも……お昼は、佐原さんや森さんと約束して――」

「かまへん。譲ったるわ、専務」

「上司を気遣う部下を評価してくださいね」

速攻で売られました。上司相手に同僚を守ってくれる二人ではない。他部署からは守ってくれるのに。

「社食の松花堂（しょうかどう）弁当を、役員室に運ばせるから二人で食べよう？」

「……お昼は今日だけよ。あと、役員室は嫌」

「なら、十階の第四会議室。今日は使う予定ないから」

パリへの十日間出張を、一回のランチだけで納得させられるなら安いものなのかもしれない。そう自分に言い聞かせて、私は溜息をつきつつ忍との昼食を約束した。


そうして迎えたお昼休み。

社員食堂に向かった葉子さんと玲奈さんに遅れること五分。私は庶務課を出て、食堂に向かう。

忍の言っていた松花堂弁当は、滝上さんが注文してくれた。出来上がり時間を指定され、それに合わせて取りに行くことになっている。

滝上さんは自分が運ぶと言ってくれたけれど、せっかくのお昼休みくらい、ゆっくり休憩してほしい。それでなくても、忍のお守りは大変だろうから。

私はやってきた無人のエレベーターに乗り、社員食堂のある二十階を押した。なめらかな上昇感に包まれて目的のフロアに到着し、食堂のおばさんからこっそり松花堂弁当を受け取る。

何故なら、松花堂弁当は、基本的に一般社員は頼めないメニューだからだ。

階段で十階まで下りるのはキツいし、忍を待たせるのも悪い。私はもう一度エレベーターホールに向かった。しかしそこで、運悪く華やかな一団と鉢合わせてしまう。

「……っ」

その中の一人が、私を見つけて睨みつけてきた。中里美春さんだ。今日は巻き髪ではないけれど、綺麗にセットされた髪と完璧なメイク。自信に満ちた表情が、私を見て歪んだ。

すぐに乗り込むかと思いきや、中里さんは黙って立っている。乗らないのかなと思って、エレベーターに乗り込もうとしたら、中里さんに腕を掴まれた。

「皆さん、先に行って。私、少し遅れます」

「え」

「ちょっと、お話ししたいことがあるの」

有無を言わさぬ迫力で、中里さんが私に詰め寄ってくる。だけど、私にだって予定があるのだ。

「あ、あの、私、これからお昼で……」

「お昼なんか食べなくても死なないわよ」

いえ、今日のお昼だけは食べないとまずいんです！

断りたいのに、私の腕を強く掴む中里さんの手が、振りほどけない。

そのまま、手近な空き会議室に連れていかれた。

「あなた、一体何者なの」

「え……？」

会議室に入るや否や、中里さんは私を上から下まで見て眉をひそめる。

「人事課に聞いても、総務課に聞いても、あなたのことは教えてもらえなかったわ」

どうして、中里さんが私のことを調べる必要があるのか。というか、個人情報なんだから、教えてもらえないのは当然だと思う。

「専務が役員室に滅多にいらっしゃらない理由って、もしかしてあなた？」

ギョッとして、息を呑む。

これに関しては、そうです、とは絶対に言えない。そもそも、私の採用理由は伏せられているはずなのに、何故中里さんはそう思うのだろう。

……気づいた、んだろうか。中里さんは、忍に当たって砕けた社員だという話だった。その人達の中には、忍のステータスじゃなくて……忍自身に惹かれた人もいたのかもしれない。

それなら、女の勘が働く人がいても不思議じゃない。特に、私と忍のやり取りを見た中里さんなら……忍が、私には甘いと気づいてしまったかもしれない。

口をつぐんで俯いた私に、中里さんは更に言い募った。

「あんな優しい声で話す専務なんて、初めて見たわ。誰を相手にしたって、あんな態度を取られたことはなかったのに、どうしてあなたにだけ……！」

私にはビジネスモードに聞こえた忍の声が、中里さんには優しく聞こえたらしい。それで、忍が私を特別に扱ったと思ったようだ。

……普段、どれだけ無愛想なのかしら。さすがにちょっと心配になる。忍の周りが。

「あの日、私、課長から叱られたわ。しかも専務直々に注意を受けて……っ。あなたなんかのせいで、私の評価が下がったらどうしてくれるの!?」

あまりの言いように、さすがにムッとする。元を正せば、中里さんが書類を受け取らずに私を追い返そうとしたのが原因なのに。

「私にはわかりかねます。専務には書類を受け取っていただいただけですし」

「そんなこと、わざわざ専務がなさらなくても、私達に指示すればいいじゃない。それを、サインまでなさって！」

……忍は普段、そこまで他者に何もしていないのか。庶務課では、率先して手伝いを買って出るのに。どうしよう、どう対処すればいいんだろう。私と忍の関係を公にするわけにはいかないから、滅多なことは口にできないし……

「それにそのお弁当、役員専用の松花堂よね？　どうして庶務課のあなたが持ってるの。お弁当の用意は秘書課の仕事でしょ！　一体誰に頼まれたのよ」

これでもかと柳眉を逆立てた中里さんが、私の持っている弁当を指さした。

「いえ、これは……」

ここで「滝上さんに頼まれた」とは、口が裂けても言えない。忍の注文だとバレて、ますます状況が悪化してしまいそうだ。

「あなたみたいな平凡で地味な子が、まさか専務に取り入るつもり!? 少し優しくしていただいたからって、調子に乗らないでよ！」

調子に乗るなと言われても、今日の昼食は忍が言い出したことで……中里さんに責められる謂(いわ)れはない。

「あなた、何なのよ！」

そう言われても、私は鷹条商事の一般社員で、忍は専務取締役。表向きにはそれだけだ。それだけでなくてはいけない。

何も答えられない私に、中里さんは侮蔑(ぶべつ)の表情を向けてくる。

「何、聞かれたことに返事もできないの？ あなた、それでも社会人？」

「……中里さんに、説明する必要性を感じません」

「……いい度胸ね。私、身の程知らずって嫌いなのよ」

そう言って、中里さんは私の肩を強く突いた。松花堂(しょうかどう)弁当を両手で持っていた私は、呆気なくバランスを崩して、不様に尻餅をつく。

「自分の顔でも見たら？ 専務と釣り合うとでも思ってるの？」

「……っ、中里さんに言われることでは」

「私だから言ってあげるのよ。私でも駄目だったのに、あなたなんかが相手にされるはずないでしょ？」

そう言うと、中里さんはバッグから出したコンパクトミラーを私に投げつけてきた。避けることができず体で受け止めた私を見た中里さんは、くすくす笑う。

「安物だからあげるわ。それでも見て、身の程をわきまえることね」

捨て台詞を残し、ヒールの音も高く中里さんは出て行った。取り残された私は、どうしようもなく悔しくて涙が滲んできた。

そんなことわざわざ言われなくたって、私が一番わかってる。私は、忍の隣に並べるような人間じゃない。改めて突きつけられた現実が、私の心を深く抉った。

「……っ」

私は溢れそうな涙を必死に堪えるのだった。

そのあと、何とか気持ちを立て直した私は、ペットボトルのお茶を二本買って忍の待つ十階の第四会議室に行った。

「ごめん、お待たせ」

「……さくら……？」

うきうきした様子で私を待ち構えていた忍が、瞬時に顔色を変える。

「……何があった？」

低くなった忍の声に、焦れた響きがあった。私は何でもない風を装って首を傾げてみせる。

「……何もないよ」

「そんな顔をして、何もない？　それで俺が納得すると本気で思ってる？」

足早に傍までやって来た忍が、私の肩を掴んで顔を覗き込む。

「……何もないったら何もない！」

「さくら……」

その時の私は、何故か忍の態度に無性に苛立ってしまった。

「私は、あったことを何でも忍に報告しなきゃいけないの!?」

言った直後、後悔した。忍はただ私を心配してくれているだけなのに……

中里さんに言われたことを考えたくないという理由で、忍に苛立ちをぶつけてしまった。

自分の子供っぽさが嫌になり、私は唇を噛んで俯く。

「――そうだよ？」

くいっと、忍が私の顎を持ち上げた。

彼は唇が触れそうなほど近くで、玲瓏な綺麗すぎる笑みを浮かべる。

「そう。何でも、どんなことでも。俺は、さくらのことを全部知っておきたい」

甘く掠れた声で囁やかれ、そのまま眦に口づけられた。怯えて逃げるより早く、彼に強く抱き締められる。

「……涙の跡がある。誰が、さくらを泣かせた?」

「や、しのぶ」

「誰? 答えるまで離さない」

目元へのキスが、頬に移る。やわらかな唇の感触が心地よくて、恥ずかしい。

「やめ……」

「やめてほしいなら、誰がさくらを泣かせたのか俺に教えて」

「忍、離して」

隙を見てはスキンシップをしてくる忍だけど、これはさすがにやりすぎだ。

この距離は、「幼馴染のはとこだから」では言い訳できない。

「……忍っ、お願いだから……」

発した声はひどく頼りなく、今にも泣きそうな声だった。溜息をついた忍は、ゆっくりと私から離れ責めるように見つめてくる。

「さくらの、そういうところがむかつくのに、可愛いからもっと好きになる。結局、さくらに強く出られない俺に腹が立つ」

「意味がわからない」

「俺もわからない。わかってるのは、俺はさくらが好きすぎておかしいってことと、さくらに弱いってことだよ」

忍はいつも、言葉を惜しまず、私を好きだと言ってくれる。そして私は、それを心から信じることができないでいた。

なのに、忍が変わらず「好きだ」と言ってくれるのを待っている。私は、そんな私が嫌いだった。

忍には、もっと綺麗で優しくて聡明な――忍と同じ世界の人がふさわしいと、わかっているのに。

「忍」

「ん？」

「ごめんなさい」

素直になれなくて。意地を張って、我儘で、忍の気持ちを信じることができず、自分の気持ちからは逃げてばかりの――そんな私で、ごめんなさい。

考えるほどに、自己嫌悪に陥ってしまう。

じっと俯く私に、忍は何も言わずただ傍にいてくれた。

駄目だと思いながら、結局いつも忍に甘えている。

そのことが、私の自己嫌悪を更に強くした。

そのあと、約束どおり忍と昼食を取った。だけど、せっかくの松花堂弁当を半分以上残してしまった。綺麗な箱入りだったので、家に持ち帰ろうかとも思ったけれど、日によっては汗ばむくらいの陽気では、さすがに衛生的によくない。泣く泣く、処分した。

まだ昼休みは終わっていないけれど、私は庶務課に戻った。何も言わず、忍が一緒についてくる。庶務課では、社食から戻っていた葉子さんと玲奈さんが、席で談笑しているところだった。

「お帰りー七瀬ちゃん、大丈夫やった？」

笑顔で迎えてくれる玲奈さんの言葉に、私はきょとんとする。

「え？」

「腕掴まれとったやろ？　うちと葉子さん、ちょうどあの時、エレベーターホールにおってん」

せやから見えてしもうた、とにこぉ、と笑った玲奈さんに、忍が食いついた。

「玲奈ちゃん。それ、俺も詳しく聞きたいなあ」

「ええよ？　タダで情報渡せるかい、と言いたいとこやけど」

玲奈さんはにこにこしながら頷いた。でも心なしか目が笑ってない……

「そろそろ昼休みも終わるし、悠長にしとったらあかんな。中里美春サンや」

すっと忍から表情が消えた。葉子さんも眉をひそめる。

「……また秘書課か」

地獄の底から響くような声で、忍が呟いた。

「ちょ、忍。私、別に何もされてないから！」

「当たり前だ。さくらに何かしてみろ――」

そこまで言った忍は、私に向かって鋭く問い返してくる。

「されてないってことは、何か言われたんだ？」

どうしてこんなに鋭いんだろう。私は慌てて首を振った。

「……い、言われてない」

「さくらは嘘が下手だね。そういうところもほんとに可愛い」

咄嗟に否定した私に、忍はにっこりと微笑む。とても綺麗で、怖い笑みだった。

「中里さん、ね……私の後輩も手を焼いてるみたいだったわ。専務に告白するくらいだから、よっぽど自分に自信があるんでしょうね」

「俺に告白？　ごめん葉子さん、全然記憶にない」

「ただの、専務に当たって砕けた女性社員の一人ですよ」

「ふーん、興味ないからいいけど。でもその秘書、さくらを泣かせたのか。……ふーん……さくらを。俺が、何より大事にしてるさくらを、俺がいないところで泣かせたのか……」

「泣かされてない、本当に大丈夫だから！」

身の程知らずと言った中里さんは、ある意味間違ってない。

「ちょっと、話をしただけだから」

どんどん雰囲気が怖くなっていく忍の気を、何とか逸らさなくては。

「ただ話したくらいでは泣かんやろ」

「そうよね、理由がなきゃ泣いたりしないわよね」

私がフォローする度に、それを叩き潰していく先輩二人。

お願いです、これ以上忍を煽らないでください。

「秘書課か……滝上に……」

ぶつぶつ言い出した忍を見て、本格的にまずいと思った。

「おじいさまの秘書と、父さんの秘書……俺には滝上がいるし……あとは、留守番以外はいらないか……」

これはもしかしなくても、秘書課そのものを無くそうとしている？　焦った私は、咄嗟に忍に声をかけた。

「し、忍。今週の土曜日って、空いてる？」

「……ん？」

怖いことを考えていたであろう忍が、私の声に顔を上げる。

「えーと、その……あ、そうだ、母の日が近いから、一緒にプレゼント選んでほしいなって」

私は、できるだけ明るくお願いしてみた。

「え、それってデート!? 行く！ 空いてる！」

一瞬で、ぱっと顔を輝かせた忍が、私に向かって勢いよく頷く。その様子に、私は心の底からほっとした。

……葉子さんと玲奈さんが「つまらん」「でも専務的には最高の結果じゃない」と言っているのは、聞こえなかったことにした。

「午後からでいい？」

「うん、さくら、朝弱いからね」

先ほどまでの無表情が嘘みたいに、忍は嬉しそうに笑っている。

母の日のプレゼントは、毎年悩むから、ちょうどいい。でも、買う店のランクは最初に指定しておかないと大変なことになる。忍は鷹条の御曹司である上、学生時代にいくつか起業していて、そのどれもを成功させていた。なので、放っておくと桁違いのお店に案内されかねない。

「夕食も一緒だからね」

「え……」

忍との食事は、おいしいけれど気疲れする。マナーは祖母に叩き込まれているから問題ないけれど、小洒落た雰囲気のお店などというものは苦手だ。かといって、そう言うと「なら個室にしよう」だから困る。

「母の日のプレゼント選びだけじゃなくて、ちゃんとデートしよう」

「……誰かさんと行く店は、いつもドレスコードがあるから嫌なのよ」

「じゃあ」

「服を買ってあげるからはナシ！」

私が先回りして拒否すると、忍はしゅんとうなだれた。クール系の美形のくせに、こういうところは犬っぽい。何だか、力なく垂れた耳と尻尾が見えそうだ。

「わかった。それなら、ひいおじいさまのところに行こう。さくらに会いたがっていたし」

曾祖父曰く、私の声は曾祖母にますます似てきたらしい。時々「菫子」と呼ばれそうになるが、忍が阻止している。

「それは、私の声が聴きたいだけじゃなくて？　電話でもよくない？」

「電話越しの声は、直接聴く声とは違うらしいよ」

忍は、時間を作っては曾祖父に会いに行っている。

私は曾祖父には久しく会っていない。忍と食事をするなら、ドレスコードのあるような名店より、曾祖父の屋敷の方が気が楽だ。

「さくら、それでいい？」

「……わかった」

――忍はいつも、私の意見を尊重してくれる。

なのに、何故か結果は、毎回「忍の希望どおり」になっているのが不思議だ。

そう思いながら、私はご機嫌になった忍がガン見してくるのを無視して、滝上さんに送り忘れていた「パリ出張ＯＫ」の返信メールを送信した。

夕食後のリビングで、家族に週末に忍と一緒に武蔵野へ行くと報告したら、両親はあっさりＯＫした。祖母も満足げに微笑んでいる。ただ、すぐに私を上から下まで眺めて問いかけてきた。

「桜子。武蔵野に行くなら、当日の装いはお着物ですか？」

「先に買い物するから、着物は着ないよ」

お嬢様育ちの祖母の嫁入り道具には、高価な着物もたくさんあった。それらは、ゆくゆくは私がもらい受ける予定なのだが、成人式で借りた振袖と帯の総額を聞いて以来ほとんど着ていない。

「でも、お父様とお食事なのでしょう？」

「うん」

「わかりました。それなら、当日着ていく服は私が用意したものになさい。お父様に、孫の支度もできないのかと言われたくありませんからね」

趣味人であるだけに、曾祖父は色々うるさいのも確かだ。

私のせいで祖母の評価が悪くなったら申し訳ないから、頷こうとして——え、用意したもの？　私のクローゼットから選ぶんじゃなくて？

思わず祖母に問うような視線を向けてしまう。

「就職した時に、四季に合わせたものを作らせました。サイズは変わっていないでしょう？」

当然という様子で微笑む祖母に、私の表情が固まる。

……作らせた？　作らせたって、どういうこと？

「衣装くらいは私が見ておくべきでしたね。由利子さんから聞きました。あなたのお洋服、既製品ばかりだそうね。既製服なんて着て、疲れないの？」

待って、おばあちゃん。普通の家庭では、服はたいてい大量生産の既製品です。何もおかしくないから！

「こんなことなら、早くから、私の服を仕立てる時に一緒に連れて行けばよかったわ。櫂都（かいと）や由利子さんに反対されても押し切るべきだったわね……今更言っても詮無（せん）いことですけれど」

そうです、どうしようもありません。そしてお父さんお母さん、反対してくれてありがとう。

「桜子、部屋で少し待っていなさい」

そう言い残して自室に行った祖母は、淡いレモン色のワンピースを持って戻ってきた。

お値段は、手触りからして、十万やそこらではきかないことはわかる。これまでの経験で、その程度はわかるようになっていた。

それにしたって、どうしてそんなにお金持ってるんだ、おばあちゃん。もしかして、鷹条グループの株の配当金とかだろうか。

「こちらになさい。近いうちに、あなたに似合うものを新しく仕立ててもらいましょうね」

うん、丁重にお断りさせていただきます。

4

土曜日。私はいつもより念入りにメイクして髪をセットした。祖母の選んだ衣装が上質すぎて、いつものメイクだと完全に負けてしまうからだ。けど、その甲斐あって、それなりに見られる姿になったと思う。

そして、約束の午後一時。忍との待ち合わせ場所に着いた私は、早々に帰りたくなった。

——何なのかしら。あの上流階級(ハイクラス)オーラを撒(ま)き散らしてる美形さんは。

明らかに仕立てがいいとわかる深いグレーの細身のスーツを、さらりと着こなしている。高級腕時計をちらっと見る仕種(しぐさ)にも、溜息が出るほど品がある。

周囲の視線を一身に集めているイケメン。

そうです、あの人が私の待ち合わせ相手の鷹条忍くんです、今すぐ帰っていいですか。

行き交う人達は、男女問わず忍を見ている。振り返ったり、ガン見したり様々だけれど——そうした人々の視線をまったく気にせずに、忍はただ優雅に「人を待っています」といった風情(ふぜい)で立っている。容姿もいいけれど、姿勢も綺麗だ。

あの美形の前に、「お待たせ、遅れたかしら」などと言って登場する勇気は、私にはない。

連絡して、待ち合わせ場所を変えてもらおうかな。そう思った瞬間。

「さくら！」

花が咲いたような笑みを浮かべて、忍が私に向かって手を振る。

こうなってしまったら、スルーはできない。忍は注目されることに慣れているから、人の視線に無頓着だ。たとえ、私達が（というより主に私が）人にどう見えていたとしても、お構いなしなのである。はい、経験済みです。

「…………」

諦めた私は、連行される罪人の気分でとぼとぼと忍のところまで歩いていく。でも、俯いてしまうのは仕方ないと思う。

「さくら？　どうしたの？　気分悪い？　病院行く？」

心配そうに顔を覗き込んでくる忍は、子供の頃から変わらない。私が首を横に振ると、ほっとしたように微笑む。

「今日の髪型、可愛いね。いつも可愛いけど、今日は綺麗系かな。どっちもさくらに似合ってるよ」

忍は目ざとくいつもと違う髪型を褒めてくれる。嬉しい反面、九割方目が曇っていると思うので聞き流した。

「メイクもいつもと違うね。可愛いさくら、キスしていい？」

「帰っていいかな？」

「じゃあ我慢する」

聞き流してはいけないこともある。

いつまでも注目を浴び続けることに限界を感じた私は、本来の予定である買い物に向かう。

「それで？　忍は理紗子おばさまへのプレゼント、何か考えてるの？」

理紗子おばさまは、忍の母親だ。娘が欲しかったというおばさまに、私は子供の頃から可愛がってもらっている。

「全然。母さんの好みなんてわからないし、興味もないから。せっかくなら、さくらが選んでくれた方が、母さんは喜ぶと思う」

理紗子おばさまは、鷹条グループの海外支社を統括しているキャリアウーマンだ。さて、どんなものがいいだろう。やっぱり仕事に使えるものがいいのかしら？

「わかった。代わりに、忍はおばあちゃんへのプレゼント選んでくれる？　お父さんに頼まれたんだけど、私もおばあちゃんの好みはあまりわからないの」

ギブアンドテイク。祖母は、忍が選ぶものなら喜ぶだろう。ちなみに毎年悩む母へのプレゼントだが、今年は欲しいものを指定してくれたので、思っていたより楽だった。

「いいよ。桃子おばさんなら、前からいいなーと思っていたものがあるんだ」

「……予算は二万よ」

「大丈夫だと思う。画集だし。神保町辺りで見つかるんじゃないかな。あ、俺の予算はこれくらいで」

そう言って忍は、私に向かって人差し指を立てる。

人差し指一本？　忍のことだから十万……まさか、百万？

「ちなみに、何桁？」

「八桁」

私は絶句した。この金持ち！　セレブ！　御曹司！

「そんなに高いものを贈るつもりなの!?」

「大学時代の友達が、会社を売らないかって声をかけてきたんだ。ちょうど俺も売り時だと思ってたし、いい収入になったから、家族に還元しようかと」

だからといって、母の日に一千万って……

金銭感覚が違いすぎて眩暈がしそうだが、相手は忍なので仕方ない。私は内心の葛藤に目をつぶって頭を切り替える。

キャリアウーマンの理紗子おばさまには、ハイブランドの腕時計はどうだろう。

忍の潤沢(じゅんたく)な予算なら選択肢もかなりあると思い、鷹条家の皆様がよく利用するというハイブランドのお店に行くことにする。並んで歩きながら、私はふと思いついた質問をした。

「ねえ。忍って、預金額の桁がおかしかったりする？」

「桁はよくわからないけど、一年前は確か全部で十億ドルくらいあったと思う。俺、資産運用は基本専門家に任せてるから、たぶんもっと増えてるんじゃないかな……ちょっと待ってね、投資用のやつだけ見てみる」

そう言って忍はどこかに電話して、英語かフランス語で会話した。……確か、ドイツ語とスペイン語とイタリア語、ラテン語とロシア語もできるのよね……

「やっぱり増えてるって。今は、投資用だけで十一億ドルとちょっとだよ。あとはすぐにはわからない。減ってないとは思うけど」

最低でも、十一億ドルって……ざっくり千二百億円？　自分で聞いておきながら、聞いたことを後悔した。あまりに私の想像を超えている。

「やっぱり、忍はすごいね……私とは全然違う」

ずっと感じていた、忍とは住む世界が違うという意識が強くなって、つい不安が漏(も)れる。

「……俺は、すごくなんてないよ」

忍は、薄く笑った。私には見せたことのない、どこか冷めた笑い方だった。

「事業を成功させるには、才能だけじゃ足りない。どうしたって資金がいる。世の中には、僅(わず)かな資金で大成功する人も確かにいるけど、俺はそうじゃない。俺が成功できたのは、『鷹条』って名前に投資してくれる人がいたからだ」

「……忍?」

「自分の力だけで手に入れたものなんて、俺にはない」

そう言ったきり、忍は黙ってしまった。

美形すぎる忍が押し黙ると、何だか綺麗な人形みたいで急に近寄りがたい雰囲気になる。

私は、その忍の変化に戸惑ってしまった。忍は鷹条の御曹司として、常に自信とそれに見合う能力を持った人だと思っていたからだ。それこそ、悩みなんてなく前だけを見ている人だと。

けれど、私が気づかなかっただけで、忍にも色々なことがあるのかもしれない……。

初めて、そう思った。

＊＊＊＊

さくらが押し黙っているのを見て、俺は自分の失言を反省する――つまり困惑しているのを見て、俺は自分の失言を反省する。俺が反省するのは、さくらに関してだけだ。他のことは知らない。反省するより、次に同じ失敗をしないように気をつければいいだけだから。

だけどさくらだけは、違う。傷つけたくないし、困らせたくない。それくらい、俺にとってさくらは「特別」だった。

――さくらと初めて会った時、俺は四歳になったばかりだった。

当時の俺は、武蔵野の屋敷で曾祖父と暮らしていた。だだっ広い屋敷の中で、曾祖父と二人きり。使用人はたくさんいたし、時々両親や祖父母も会いに来たけれど、俺の周りはいつも静かだった。

滝上が俺付きになったのは、もっとあとだ。

寂しいと感じたことはなかったけれど、それとわかってなかっただけで、俺は寂しかったのかもしれない。

だから俺は、同じ歳の女の子が来ると曾祖父に聞いて、その日が楽しみで仕方なかった。

祖父の姉だという上品な老婦人――桃子おばさんに連れられてやって来たさくらは、少し緊張した様子で、曾祖父に挨拶(あいさつ)した。教えられたとおりにできるかどうかでいっぱいいっぱいだったのだろう、曾祖父の隣に立つ俺には気づいてもらえなかった。

挨拶(あいさつ)を終えたさくらは、ほっとしたのか――少しだけ誇らしげに、桃子おばさんに向かって微笑みかけた。よくできましたと、褒(ほ)めてほしかったのかもしれない。

その笑顔に、俺は一目惚れしたんだと思う。

素直な、輝くような笑顔。さくらの陽だまりみたいな笑顔に、瞬間的に、この子が好きだと感じた。初恋だった。

どうにかして、あの笑顔を自分に向けたい。そう思った時――

曾祖父が、震える手で俺を抱き寄せた。

「この子が、おまえのお嫁さんになる子だよ」

それが曾祖父の言葉でなくても、俺は頷いていただろう。曾祖父が言わなければ、自分から言っていた。

これで、あの子は俺に笑いかけてくれる。そんな未来を、信じて疑わなかった。

けれどさくらは、結婚についてよくわかっていなかったようだった。

だから俺は考えた。

さくらにその気がないなら、時間をかけて、さくらの気持ちを俺に向ければいい。決めたら、あとは実行するだけだ。

ヘンな虫がつかないように細心の注意を払い、周りから固めていく。

何かを望んだことがなかった俺の、「さくらちゃんに会いたい」という願いを、曾祖父は一も二もなく聞き入れてくれた。

桃子おばさんは、弟である俺の祖父に甘い。だから、祖父を通じて「さくらに会いたい」と頼んだ。どうやら祖父母や両親は、趣味人すぎる曾祖父に育てられている俺を心配していたらしいから、「子供らしく」同い年のはとこと遊びたがる俺の願いは、常に叶えられた。

さくらは、時に面倒くさそうに、時に楽しそうに、武蔵野に遊びに来る。会う度に、さくらの機嫌の良し悪しはくるくる変わった。

さくらと会えば会うほど、俺は彼女に惹かれていった。執着を深めたとも言うが。

少しずつ距離を縮めて、「しのぶくん」から「しーちゃん」と呼んでもらえるようになった。そうして、互いに十分慣れたであろう頃に、ついに結婚しようと告げた。

しかしさくらは、「お嫁さんになりたくない」と拒絶した。内心の動揺を抑え、だったら俺がなると提案したら、今度は頷いてくれた。

求婚し、受け入れられたのだから、さくらが何と言おうと、これは正式な婚約だ。

――まあ、少しばかり小細工を弄したが。

そのあとはさくらとの薔薇色の日々が始まると思っていたのに、今度は祖父による「跡取り教育」が始まってしまった。

それでも、跡取り教育の合間を縫って、さくらとの時間を作っていたのだが、中学に入る前、英国留学が決まってしまった。どんなにさくらと離れたくなくても、子供である俺にはどうしようもなかった。

だから俺は、祖父と父に交換条件を出した。俺がいない間、さくらに悪い虫がつかないように、進学先は鷹条家が経営する華陽学院の「女子中等科」「女子高等科」「女子大学」にし、担任はすべて女性にすること。

女子校なら、少なくとも共学よりは男との接触率は低い。少し人見知りなさくらは、自分から男に近づくことはない。さくらが強気なのは、俺に対してだけだ。他の男相手だと、怯えて俺の後ろに隠れることが多かった。

もちろん、それで不安が完全に消えるわけではなかったが、俺は祖父の言いつけに従いさくらと離れて留学したのだった。

留学中も、俺はさくらへの毎日の連絡や週末の電話を欠かさずにいた。そんな俺にとって、二十一歳になる年の春に受けた報せは、心臓が止まるほど驚くものだった。

『忍くん！　桜子が、就職すると言うんです！』

桃子おばさんの電話からは、切羽詰まった様子が伝わってきた。その電話を受ける俺も、じわじわと焦り出す。

「……就職、ですか？」

『ええ。卒業したら、鷹条に行儀見習いに行かせようと思っていたのに、今時、そんな時代錯誤なことはしない。就職すると言い出して』

「院には進まないんですか？」

『それが……研究したい分野があるわけでもないし、学費を無駄にするだけだからと』

俺は頭を抱えたくなった。

さくらが就職？　俺が日本にいないこのタイミングで？

学生時代は、桃子おばさんと結託して、さりげなく男との接触を減らすことができた。だが、社会人ともなればさすがに難しい。

就職先が鷹条の関連会社ならともかく、そうでなかったら——仮に、女性だけの会社に就職したとしても、取引先には確実に男がいる。

こればかりは、傍にいない俺には、どうすることもできない。

「……桃子おばさん。さくらの就職志望先、わかりますか？」

『公務員志望だと……』

俺は生まれて初めて、カミサマとやらを呪った。最悪じゃないか。企業なら買収もできるだろうが、行政はそうはいかない。

「公務員は絶対に駄目です。まず、さくらには必ず大学を卒業させてください。そうすれば、初級公務員試験は受験できないところが多いはずです。上級は倍率もレベルも高い。さくらなら、その時点で諦めます」

初級公務員試験には年齢や学歴の制限がある。今でないとそれが受けられないことを、さくらに気づかせてはならない。

『わ、わかりました』

「それから、さくらがエントリーシートを送る会社、わかりますか？」

『一般事務職希望とは聞いていますけど……全部は……』

さくらが希望する会社が鷹条の名前を出せばどうにかできる会社なら、何ら問題ない。だが、そうできない企業もある。

だから俺は、賭けてみることにした。

勝てる勝負以外はしたくないが、仕方ない。さくらは、俺を嫌ってはいないけれど、未だに好きとは言ってくれない。

だから、これは最初で最後の賭けだ。

俺が、鷹条の名前、自分の人脈、ありとあらゆる手段で敷く包囲網。もし、そこからさくらが脱出できたら、これまでの方法を変える。

さくらの意思を無視してでも、結婚の話を進める。嫌われたっていい、さくらが他の男と結婚するより遙かにマシだ。

けれど、さくらが逃げられなかったら。俺の敷いた包囲網に捕まるなら——それは、逃げようとしたさくらの意思が、俺の執着より弱いということだ。

その時は、さくらの気持ちが俺に向くまで待つ。別に、九十歳になったって恋はできる。ひいおじいさまが、今もひいおばあさまに恋しているみたいに。

——そして俺は、その勝負に勝ったのだ。

それなのに今、俺は誰より大切なさくらに対して、失態を犯してしまった。

彼女に言わなくていいことを言ってしまったのだ。

おかげで、せっかくのデートだというのに、さくらを困らせてしまっている。

だけど、本当のことだから、今更誤魔化しようがない。

何と言うか、さくらは俺をちょっと美化しすぎているように思う。

好きな相手によく思ってもらえるのは嬉しいが、家柄や容姿などは俺の努力でも何でもない。

能力にしたって、子供の頃からあれだけ英才教育を受けていればできて当たり前だ。

俺よりすごい人間なんて、世の中には掃いて捨てるほどいる。

なのに、さくらは自分と俺は違うと言って俺を遠ざけようとするのだ。俺なんかより、さくらの方がよっぽどすごいのに。

そもそも、あの葉子さんと玲奈ちゃんに気に入られている時点で大したものだと思う。父だけでなく、祖父も感心していたくらいだ。

さくらにはどこか、人の気持ちを優しく素直にさせてくれるところがある。これは俺の贔屓目（ひいきめ）でもなんでもなく、さくらと親しくなった皆が感じていることだろう。

これは、さくら自身の資質だ。

やわらかな性格と、素直であたたかい雰囲気がそうさせるのかもしれない。

さくらは自分が俺にふさわしくないと言うけれど、そう思っているのは俺の方だ。それでも、絶対に離してやらないけれど……

「……忍」

ぼんやりと思考の海に沈んでいた俺に、さくらがおずおずと声をかけてくる。

「ん、何？」

隣を歩くさくらに優しく微笑む。

努めて明るく答えたが、さくらは窺（うかが）うように大きな黒い瞳をじっと俺に向けている。

「……え、と……あのね」

「うん、何？」

どうしようといった風に俯いたあと、さくらは意を決した様子で俺の手を取った。

「怖いから、手、繋いでもらっていい？」

「怖い？」

「……忍は無駄に綺麗だから、さっきから女の人の視線がすごいの」

それなら、俺と手を繋ぐのは、逆効果じゃないだろうか。

「そのせいで、女の人と一緒にいる男の人が、私をジロジロ見るから怖い」

さくらは、ずっと女子校で育った純粋培養の箱入り娘だ。その結果、俺以外の同世代の男を苦手としている。といっても、俺や鷹条家がそう仕向けたところがあるし、帰国後は徹底的に囲い込んだ俺のせいでもある。

それもあって、さくらは俺以外の男にジロジロ見られたり、声をかけられることに怯える傾向にあった。

──怯えるさくらを可愛いと思ってしまう俺は、性格が悪いのだろう。

故意にそうしたとしても、さくらにとって俺が特別なのだと知るのは堪らなく嬉しい。

「男連れのさくらを口説く奴なんているかな？　俺以上じゃないと認めないけど」

上機嫌でさくらの手を握り返すと、気まずそうに目を逸らされた。

「……何それ。忍以上の人なんてそうそういないってわかってるくせに」

繋いだ手は小さくて温かい。そして……とてもやわらかかった。

「まあ俺より上でも認めないけど。もしそんな奴がいたら、俺はそれ以上になれるように頑張るだけだ」

「やめて！　今以上にすごくなるとか、ほんとやめて」

ついていけないじゃない、と聞こえてきた小さな一言が、俺の気分を更に上昇させた。

ついていけないと困るのは、ついていくつもりがあるということだ。

少なくとも俺はそう解釈する。

「さくら」

「何？」

「キスしていい？」

「ぶん殴るわよ」

怒って手を離されたら嫌なので、俺は笑みを浮かべて引き下がった。

＊＊＊＊

買い物を済ませたあと、忍と一緒にタクシーで曾祖父の住む武蔵野の屋敷に向かった。

武蔵野の屋敷は洋風造りで、とにかく広大だ。超広い。私の貧相な語彙力ではそうとしか言えない。

野趣に富んだ庭園は、曾祖父の好みで少しだけ手が入れられている。そして庭の一角にある曾祖母の愛した花園は、常に美しく維持され続けていた。

これで「本家」ではなく「別邸」なのだから、鷹条家の規模が窺えるというものだ。ちなみに鷹条の「本家」は京都の東山にそれはそれは大きな邸宅がある。

屋敷の玄関に入ると、執事の高野さんが迎えてくれた。

「ようこそお越しくださいました、次期様」

次期様というのは忍のことだ。忍の父親である幸臣おじさまを差し置いて、どうして忍が次期様なのかというと、幸臣おじさまは鷹条商事の社長ではあるが、当主の権利を放棄したからである。その為、現当主である圭一郎おじさまの跡を継ぐのは忍と既に決まっていた。

次期様である忍が来るんだから当然ではあるけれど、広い玄関を開け放して、「全員でお出迎え」というのは、今は何時代だろうと思わせる。メイド服の正統派メイドさん、燕尾服の高野さん。

武蔵野の屋敷は大正時代の趣をそのまま残しているのだそうだ。理由？　曾祖母がこの屋敷をとても気に入っていたからです。

「大旦那様が首を長くしてお待ちですよ」

「書斎？　茶室？」

「今日は桜子様の点てたお茶が飲みたいとおっしゃって、茶室の方に」

「……先に言ってくだされば、さくらに着物で来てもらったんだけどなあ」

お茶を点てさせられる私の意思は完全に無視されている。まあ、あの曾祖父に反論するだけ無駄なので、私も「洋服だけどいいかな？」と高野さんに確認し、了承を得た。

この屋敷は洋館だけど、離れに本格的な茶室がある。

お茶室に向かう道すがら、私は常々不思議に思っていたことを口にする。

どうして、鷹条本家のご令嬢だった祖母が、うちみたいな一般家庭に嫁いだのか、と。

金銭感覚や生活水準など、何もかも違うだろうに。

その疑問に、隣を歩く忍が笑顔で答えてくれた。

「桃子おばさんはね、七瀬の大和おじさんが初恋だったんだよ」

「おじいちゃんが？　どうやって鷹条のお嬢様と知り合うのよ、うちは一般家庭よ」

「……さくら、自分の家の家系図くらい、ちゃんと見た方がいいんじゃないかな……」

忍が口元に手をやって、苦笑する。

「え？」

「七瀬家も、旧華族の家柄だよ」

そんなこと初めて聞いたので驚いたものの、旧華族ということは……

「でも、それってつまり、落ちぶれた家ってことでしょ？」

「……そう言われると」

忍は肩をすくめた。だって、オブラートに包んだところで、事実は変わらないじゃない。

「さくら。華陽学院に幼稚園から大学まで通える家は、結構裕福だよ」

「そうなの？　圭一郎おじさまに配慮していただいてるのかと思ってた」

「おじいさまはそのつもりだったらしいけどね。でも、由利子さんが」

「お母さん？」

「うん。身の丈に合った学校でないなら、華陽に通う必要はないって断ったんだって。桃子おばさん、初めて嫁に反抗されたって笑ってた」

「そう、なんだ……学費、すごく高いのに、迷惑かけちゃったなあ……」

何も言わずにいてくれて、親ってありがたいなと思った。

「まあ、そんなわけで、大和おじさんと桃子おばさんが婚約した頃は、何の問題もなかったんだ」

でも、時代の荒波の中、鷹条家は更に資産を築いたけど、七瀬家は当主の放蕩(ほうとう)が続いてみるみる傾いた。

だから祖父は、鷹条家に祖母との婚約を解消してくれと申し出たそうだ。

「そしたら、桃子おばさんが」

「どうしたの」

「あなたの貴(とうと)い身を家ごと買ってさしあげます。ですから私と結婚なさい」

……おばあちゃん……！

「台詞(セリフ)だけ聞いたら、すっごい上から目線だよね。だけど実際は、十五歳の許嫁(いいなずけ)が、泣きながら縋(すが)りついて言ったっていうんだから、大和おじさんだって折れるよ」

「ツンデレか」

「その頃はそんな言葉なかったと思うけどね」

「いいのよ、私に理解しやすいなら」

私がそう言うと、忍は笑った。そして、色素の薄い双眸(そうぼう)で私を見つめる。

「さくらがツンデレなのは、桃子おばさん譲りかな」

私は、祖母ほど誇り高くはない。そしてツンデレでもない。

「早く俺にデレてね」

そんなことを話しているうちに、茶室に辿り着く。

忍が襖(ふすま)の前で膝をついて中に声をかけると、すぐに「入りなさい」と声が聞こえた。

「失礼します」

うつくしい所作で襖(ふすま)を開け、茶室の中に入る忍に続く。

そこには、九十歳を過ぎたとは思えないほど矍鑠(かくしゃく)とした曾祖父が座っていた。黄櫨(きつるばみ)色の和服に、柳色の帯。相変わらず、鷹条家の皆様は着道楽である。

「忍、桜子。よく来たね、座りなさい」

可愛い曾孫に会えて嬉しいのか、にこにこしている。祖母や圭一郎おじさまは「父は気難しい」と言うけれど、曾祖父が私達に不機嫌な様(さま)を見せることはあまりない。会いに行くと言ったのに、急用で行けなくなった時くらいだ。

「はい、ひいおじいさま。お元気そうで何よりです」

「こんにちは、ひいおじいさま。お久しぶりです」

忍と私が挨拶(あいさつ)すると、曾祖父は機嫌よく笑った。

「おまえ達が来ると聞いて、今日を楽しみにしていたよ」

「ひいおじいさまがよろしければ、いつでも伺(うかが)いますよ。ね、さくら」

頷きながら、私は屋敷のあちこちに配置されていた黒服の人達を思い浮かべた。久しぶりに来た武蔵野の屋敷は、以前より警備のレベルが格段に上がっている。

物々しさを感じさせる警備員さん達は、元捜査一課の強者(つわもの)や某警備隊、自衛隊や機動隊出身者が揃っているらしい。更に、海外の一流プロにまで依頼しているそうだ。

それも当然と言える。風流人のごとき生活を送る目の前の老人に何かあれば、冗談でなく日本中が大騒ぎになるのだから。

「忍は、ますます菫子に似てきたなあ」

「そう、ですか？」

成長した分、ひいおばあさまとは似なくなったと思うんだけどなあと忍が呟く。だが、そんなわけがない。写真でしか知らない曾祖母は、今の忍によく似ている。忍が女だったらこういう美女になるだろうと思うくらい、そっくりだ。

「桜子も、その洋装はよく似合っているね。振袖は着ないのかい？」

「お振袖は、私一人で着つけられませんから。絽の着物には、まだ早いですし」

夏用の絽の着物なら、自分一人で着ることができる。でも、絽の着物の時季は七月から八月なので、着るには早すぎる。

それに、何より着物を汚したくない。

祖母から譲られた着物はどれも高価で、お手入れが大変なのだ。

「そうそう、桜子ももう二十四だ、桃子は確か十八で嫁いだし、舞子さんも理紗子さんも、桜子の歳で子供を産んでいたし……今は婚前交渉も当たり前なのだろう？　子供ができてからでもいいから、結婚を」

舞子さんというのは忍の祖母の名前だ。それにしても何をおっしゃいますのかしら、このひいおじいさまは。出来婚しろとすすめてますよ。

私は無心でお茶を点てた。

「そうですね、俺もそろそろと思ってます。妻子を自力で養えないのに結婚なんておこがましいと考えていましたが、自分で稼げるようになりましたし」

「忍……そこまで真面目に考えていたんだね。必要なら、圭一郎を引退させるものを」

曾祖父なら、やりかねないから怖い。そして経営に飽きてきている圭一郎おじさまも乗っかりそうだから更に怖い。

「それで？　いつになったら二人の子供を見せてくれるのかね？　もう卒寿も過ぎて、いつ菫子の迎えが来ても……」

気弱に見せる曾祖父の演技に、忍も丁寧にノッている。

「駄目ですよ、ひいおじいさま。俺とさくらの子供に、名前を付けてくださるお約束です。俺も父も一人っ子だから、俺としては子供はたくさん欲しいんですから」

「うん、そうだな、それではいい名前を考えておかなくてはな」

嬉しそうな忍を見ていると、やっぱり曾祖父の為に私と結婚したいんだろうと思えてくる。曾祖父に仕組まれた初恋だもの。他の相手なんて忍の頭にはない。だって「ひいおじいさまが言ったのはさくらちゃん」だから。このままじゃいけない。私も、忍も。

――忍の、間違った思い込みを終わらせなくては。

私が点てたお茶を飲み、曾祖父は破顔した。

「菫子が点てたお茶と同じ味だ。やはり忍の相手は桜子だ」

「他の相手はいりません」

曾祖父と一緒に笑う忍に、泣きたくなった。私は、曾祖母の代わりを産む道具じゃない。

痛いくらい拳を握って、それでも必死に笑顔を保ちながら、私はもう終わりにしたいと思った。

そんな私の心に気づかず、曾祖父は機嫌よく問いかける。

「今日は泊まっていけるのかね？」

「はい。そのつもりです」

え？　と思う間もなく、忍が答えてしまった。特に予定はないとはいえ、私にも一言くらい確認してほしい。

「うん、うん。久しぶりに、ゆっくり話を聞かせておくれ」

満足そうに笑って、曾祖父は「明日は、二人で庭を散歩していきなさい」と言った。

曾祖父は、隙あらば私と忍を接近させようとする。武蔵野の庭園は私も好きだから、素直に頷いた。そうして、私達は茶室をあとにする。

「……忍」

廊下を歩きながら、隣にいる忍に声をかけた。

「何？」

「あとで話したいことがあるの」

私の言葉に、忍はいいよと答えた。——私のお願いを、忍が拒否したことは、一度もない。

そもそも、それがおかしいと思うのだ。出会って二十年、一度や二度くらい都合がつかない時があるのは当たり前だ。でも、忍はそうしない。何があっても、必ず、私を優先する。

私は、忍に自由になってほしい。

子供の時の刷り込みのせいで、忍の優先順位は常に私が一番なのだ。正確には「ひいおじいさまが嫁に指名したさくら」に囚われている。

でも、それってすごく不自然なことだと思う。子供の頃の忍にとって、曾祖父の言葉が絶対だったのはわかる。でも、今の忍は何もわからない小さな子供じゃない。

そろそろ、作られた初恋は卒業しなくてはいけないのだ。でないと、私もいつまでたってもこの恋を終わらせることができない。

私にとっても忍は初恋だった。でも、それを忍に伝えることはできなかった。

その理由は簡単で、私は自分に自信がないのだ。

曾祖父の刷り込みから解放されたあとも、忍が今と変わらず「さくら」と呼んで、笑いかけてくれると信じられなかった。

もし、私がもっと綺麗で頭もよかったら、ちゃんと忍に向き合えたのかもしれない。

でも、私は自分がごく普通の、平凡な女だと知っている。忍の隣に並べる容姿でもないし、当主を支えていける才覚もない。

先日、秘書課の中里さんに言われた身の程知らずという言葉――

中里さんに言われるまでもなく、私は自分が忍にふさわしくないとわかっている。

「……さくら？」

心配そうな忍の声を、聞こえなかったふりをした。

忍の言葉や気持ちを信じられないくせに、彼が離れていくことが怖くて堪らない。

そして、そんな我儘な自分が、私はとても嫌いだった。

私達は、曾祖父と一緒に少し早めの夕食をいただいたあと、部屋に引き上げる。

武蔵野の屋敷には、私達それぞれの専用の部屋がある。私を部屋の前まで送ってくれた忍は、開いたドアに長身を預ける。

「忍？」

「俺に話があるんだよね？」

「……うん」

そうだ。話したいことがあると言ったのは私だ。

「……どうぞ」

忍は私に続いて黙って室内に入ってきた。私はベッドに座り、忍は向かいのソファーに腰を下ろす。

「それで、話って？」

決意したはずなのに、いざ話そうと思うと迷いが生まれる。

「さくら？」

「……武蔵野に来たから、ちょうどいいと思って」

「何が？」

私は、忍の顔を見つめながら一息に告げた。

「もうやめよう。忍が私を好きな気持ちは、子供の頃の思い込み、刷り込みでしかないって、忍だってわかってるでしょ？」

忍が大きく目を開き、息を呑むのがわかった。私は胸の痛みを堪えて言葉を続ける。

「私じゃ、忍に釣り合わない。家柄……は、ともかく、私自身が忍の隣にふさわしくないの」

「……誰が、そんなことを言った？」

私は静かに首を横に振る。

誰も言わない。でも、自分でわかることはある。

「容姿も学歴も大したことないし、何もかも平凡。性格だって悪くはないと思うけど、いいと断言もできない。仕事だって……もう三年目なのに、要領が悪いし」

社史編纂（へんさん）も、庶務課の仕事の補助も与えられた仕事は精一杯やってきたつもりだ。でも、「鷹条グループの当主夫人」の仕事とは違いすぎる。

「……さくらは、俺を捨てるの？」

押し殺したような忍の声に、反射的に声を荒らげる。

「そういうこと、話してない！」

「同じことだ。さくらは、俺にさくらが他の男と結婚するのを見てろって？」

私の結婚は、今は関係ない。そう言うと、忍はソファーから立ち上がって言った。

「関係ある。俺は、さくらと結婚したいんだから」

「忍」

「さくらは、他に好きな人がいるの？　——俺じゃなくて、そいつを選ぶとでも言う気？」

私は無言で首を横に振る。

そんな人はいない。だって、私は忍が好きなんだから。

でも、嘘でも「いる」と言った方が、忍の為になるんだろうか。そうしたら、忍は私から離れることができるんだろうか。

私は、自分がどうしたいのか、わからない。

忍に自由になってほしいと思っている。だけど、忍が私以外の誰かと結ばれるのを見るのはつらい——矛盾した思考で頭がぐるぐるする。

忍の顔を見ていられず、私はきつく目を閉じて俯いた。

すると、いつの間にか隣に座った忍が、私の頬を撫でた。その感触にびくりと肩が震える。

思ったより近くで忍が苦笑するのが聞こえた。

「……いないよね？　俺より好きな男なんて。だって、さくらは俺以外の男が苦手だから。予告なく触ったら、相手が俺でもこんなに怖がるくらいだし」

ムッとして思わず顔を上げ、隣の忍に反論する。

「じょ、女子校育ちだもの」

「そうだね。そうなるように女子校に進んでもらったんだし」

「か、買い物したり、会社の人と話したりするのは平気だし」

「それはさくらを『客』や『同僚』として見てる人達だ。さくらを『女』として見る男とは、無理だよね」

いつの間にか、互いの息が触れ合うくらい距離が近い。

「は、離して、忍！」

頬に触れている忍の手を振り払おうとする。なのに、両頬を忍の手で包み込まれてしまった。

「いい加減、俺も腹が立ってきたな。さくらは俺を何だと思ってるわけ？　いつも笑って、さくらの嫌がることは絶対にしない。俺がそれに納得してるって、本気で思ってた？」

「しの、ぶ」

私を見つめる綺麗な顔は、いつもの忍だ。なのに、背筋が震えるのはどうしてなのか。

「ねえ、あと何年言い続けたら信じてくれる？　三十年？　四十年？　死ぬまで言い続けたら信じるの？　それとも回数？　なら、何回でも言うよ。さくらが好きだ。愛してる」

うっすらと笑った忍の秀麗な顔が、言葉とは裏腹に、苦しそうに見えた。

「やだ、忍、離して」

「嫌だ」

「忍、お願いだから」

「さくらのお願いなら、全部聞いてきた。いつだって俺の気持ちより優先してきた。でも、さくらには俺の気持ちなんて少しも届いていないいんだね――だったら、さくら」

忍の蕩けるように甘い笑みに、息を呑む。

「――一回くらい、俺の気持ちを優先してくれてもよくない？」

そう言うなり、私の手を引いて立ち上がった忍は、私を抱き上げた。

「ちょっ、やだ！　忍、やめて！」

「やっぱり最初はシャワーを浴びたいよね。――服を脱ごうか、さくら」

「忍！」

「この部屋、バスルームが付いててよかったな」

――忍が何をしようとしているか理解した私は、手足を振り回して暴れたけれど、忍の腕は少しも緩まない。忍は私を拘束したまま、器用にワンピースを脱がせると、バスルームの扉を開けた。

バスルームに入ると、忍はシャワーのコックをひねり、私にだけ勢いよくお湯をかける。あっという間にロングキャミソールが濡れて肌が透けていく。恥ずかしくて身を捩ろうとしたら、強い力で押さえ込まれた。そのまま、バスルームの壁に押さえつけられ、忍からキスをされる。

初めてのキスは、ひどく乱暴だった。

いつもの優しい忍とは別人のように荒々しく、私の唇を貪ってくる。怖くて震える唇をこじ開けられ、すぐに舌が挿し込まれた。

「……っ」

私が逃げられないよう、両手を壁に押しつけた忍は、角度を変えながら何度もキスを繰り返す。ぴったりと深く口を塞がれて息ができない。

「っあ……」

あまりの苦しさに、知らず目に涙が浮かぶ。

忍が嫌いなわけじゃない。だけど、こんなのは嫌だ。

頬を伝ったのは、シャワーのお湯なのか涙なのかわからない。

忍が少し身を引いて、私から離れた。ほっと息をついた途端、忍が私の顎を持ち上げる。

再度唇を奪われて、口内を甘く舌で撫でられた。深すぎるキスが苦しくて口を開くと、混ざり合った唾液が零れていく。そのあとを追うように、忍の唇が私の首筋を伝い、強く押し当てられる。

「ん……っ」

ぴりっ、と走った感覚は、快感だったのかもしれない。思わず漏れた声に、私自身が驚いてしまった。その部分を、きつく吸い上げられる。甘噛みされた肌に、緋色の痕が残った。

怖くて、でも「嫌だ」と言ったら忍を傷つけてしまいそうで、言葉を発することができない。私はただ、じっと声を殺すことしかできなかった。

忍は、何も言わずに私の肌を愛撫している。彼はロングキャミソールの肩紐をずらし、剥き出しの肩に歯を立てた。まるで所有の証のように残された痕が、忍の苛立ちを表しているように思える。

白くて綺麗な、だけど男らしく骨張った手が私の胸に当たった。焦れた手つきでブラジャーのホックを外し、現れた小さなふくらみに、忍が顔を寄せる。

外気に触れたことで一気に色を濃くした頂を、彼の薄い唇が食んだ。

「——……っ」

何とか声は抑えたものの、乱れる呼吸は隠すことができなかった。

「……感じてるんだね、さくら」

私の吐息に含まれる甘さを、忍は聞き逃さなかった。彼は色づいた頂を舌先で転がすみたいにして愛撫する。それだけで、私の背中に快感が走った。

もう一方の乳房を片手で揉みしだかれる。忍の手のひらに簡単に収まる小さな胸。そこに、絶えずやわらかく甘い刺激を与えられ、あまりのもどかしさに思わず声が出そうになった。

「……っ、あ……っ」

「服を全部脱げって言ったら、どうする？」

そう問いかけておきながら、忍は私のキャミソールとブラジャーを強引に剥ぎ取った。そのまま、露わになった私の上半身にところ構わず口づけていく。

耳朶を噛まれて悲鳴に似た声が溢れ、鎖骨に舌が這わされ切ない息が漏れる。いつの間にか腹部に押し当てられた手が、撫でるように肌の上を動く。

「さくら」

掠れて熱を持った忍の声が、耳から注ぎ込まれる。その甘い声は、私から確実に羞恥心を奪っていった。

知らずきゅっと噛みしめていた唇に、忍のそれが重なる。さっきよりも優しいキスは、うっすらと血の味がした。

「……傷になってる。ほんと、自分を大事にしないな……」

そう言うと、忍は自分の指を私の口内に入れた。ゆっくり、あやすみたいに舌を撫でられて、ぞくぞくした震えが走る。忍の指が入っているから、歯を噛み締めることもできない。

「ん……、っ……」

舌を指先で撫でられたと思ったら、口内を愛撫される。堪らず口を閉じた瞬間、忍の指を噛んでしまった。ハッとして口を開けると、真正面の忍と目が合う。

「痛いなあ……さくら。ねえ、噛んだところ、舐めて」

やわらかな口調なのに、忍の視線は有無を言わさぬ強さがあった。おずおずと舌を動かして、忍の指を舐める。いつしか飴を与えられた子供のように夢中になっていたら、忍のもう片方の手が、背中を撫で上げた。

「あ……」

くすぐったいような快感に、私の口から甘い声が零れた。

「撫でただけで、感じてるの？」

口内から指を抜き取られ、私の意思とは無関係に、体が不満気に揺れる。少し笑った忍は、その手で私の首筋を愛撫した。すぐに綺麗な顔が近づいてくる。肌に直接息が触れたと思ったら、唇があとを追った。

「……っあ……」

「さくら、気持ちいい？」

甘い声に、震えながら頷いた。忍は時々、私の肌を強く吸い上げ、その刺激が快感となって、私の体を震わせた。その間も、忍の両手は私の乳房を愛撫し続け、どちらの頂も見たことがないくらい赤く色づいている。その淫らな光景が、ますます私の体から力を奪っていった。

「しの、ぶ」

もうやめてほしい。もっと触ってほしい。

自分でも、どちらを望んでいるのか、わからなかった。

忍の指が私の震える唇をなぞる。ただ輪郭を撫でられているだけなのに、泣きたいほど気持ちがよかった。

「……んっ……」

次第に立っていられなくなって、ずるずる壁を崩れ落ちていく私を、忍が支えてくれる。

彼はシャワーを止めたあと、再び私を抱き上げてバスルームを出た。そのまま、ベッドに下ろされる。

シャワーで温まっていた私の体が、突然の冷気に小さく震えた。

すぐに覆(おお)いかぶさってきた忍が、私の胸から腹部にかけて口づけを落とし、甘く噛み、きつく吸い上げる。私は声を堪(こら)えることができず、意味を成さない言葉を上げ続けた。

快楽に溺(おぼ)れ何も考えられなくなった時、突然、両膝を開かれる。反射的に閉じようとしたけれど、それより先に忍の体が脚の間に入り込んできた。

「いやっ、忍……っ！」

私の制止をものともせず、忍は手際よく私から下着を脱がせ、誰も触れたことのないソコに指を這(は)わせた。

「っ!!」

あまりのことに息を呑み、私は体を強張らせる。

「よかった。濡れてる」

忍は私の中から溢れた液体を指に絡ませて、嬉しそうに笑った。その様子が——とても淫らで堪らなく恥ずかしかった。

「ああ、ここもすごく白くて、綺麗だ」

普段、外に出すことのない太腿に、忍はうっとりと手を這わせる。しっとりと肌に押し当てられた少し体温の高い手を心地よく感じて、私は知らず甘えるような喘ぎ声を零してしまう。

忍は何度も太腿を撫で、そこに口づける。その度に、白い肌の上に緋色の痕が付いた。

「さくら」

欲に濡れた忍の声が、私の意識を曖昧にする。凄絶なまでの艶を放ちながら、忍は私の脚に手を這わせた。

太腿、膝、ふくらはぎ、足首、指先に至るまで、余すところなく愛撫される。

震えながら忍の肩を押しやると、その手を取られた。そして今度は片手ずつ、舌で丹念に指を愛撫され、指と指の間まで舌を這わされ、私の唇は甘ったるい声を出し続けた。

「っ、あ……っ」

忍は、まるで焦らすように、ゆっくりと私の手を愛撫する。指の腹で手のひらを撫でられただけで、私は快感に震えてしまった。

私、どこかおかしくなっちゃったのかな。

こんな、手のひらを撫でられただけで気持ちがいいなんて、絶対におかしい。

愛撫の合間に繰り返されるキスが、更に私の快楽を深めていく。

「さくら、可愛い」

――今すぐ抱きたい。

耳元で、忍が押し殺した声で囁いた。その瞬間、私の体がビクッと跳ねる。彼の声にまで感じてしまう私は、本当にどうにかしてしまったに違いない。

だけど、怖いという気持ちは消えないから、私は忍の言葉に頷くことができなかった。

「可愛い、ねえ、どうしてそんなに可愛いの。どうしてこんなに俺を夢中にさせるの。さくらだけだ、俺を煽るのもおかしくするのも、さくらしかいない。なのに、どうして俺の気持ちを信じてくれないのかな」

甘く詰られても、私だって答えられない。

「知らな……」

「知らないなんて言わせない。俺の気持ちは信じないくせに、俺がどれだけさくらを好きかを確かめたがる。確かめて嬉しそうに笑うくせに……笑って、俺に甘えるくせに。さくらは、俺を好きだとは絶対に言わないんだ」

本当に性質が悪いよね、と言いながら、忍は私の脚の付け根に顔を寄せていく。

体に力が入らない私は、忍のしようとしていることがわかっても止めることができなかった。

もしかしたら、止めるつもり自体、ないのかもしれない……

自分のことなのに、どうしたいのかわからなかった。

「さくら、わかってる？　さくらの全部が——」

俺を、おかしくする。

苦しげにそう言った忍は、何の躊躇いもなく私の秘所に顔を埋めた。濡れた隙間に舌を這わせ、舌と唇でゆるりと私を蕩けさせる。

「あ……っや、やぁ……ゃあんっ！」

自分でも知らないところを舐められている状況に、強い衝撃を受ける。

強すぎる快感で息ができない。いつの間にか、目から涙が零れていた。

一通り愛撫した忍の唇が、隙間の上の方に吸い付いて何かを舌先で押し潰す。

その瞬間、強烈な快感が体を走り、私の中からどっと蜜が流れ出た。

「ああっ……ん、や、……っやぁ……っ」

これまで経験したことのない感覚に身を震わせていると、下半身で液体を啜りごくりと呑み下す水音が聞こえてきた。

更に忍は、敏感なそこを弄りながら、蜜を溢れさせる場所に指を挿し入れる。

体の中に感じる異物感と鋭い痛みに、恐怖心が煽られた。

「いや、忍、やめて……」

手足を強張らせて、何度も首を横に振るけれど、忍は一向にそれをやめてくれない。

「やめない。……こんなに指を締めつけてくるくせに」

「や、そんな……わかんな……」

忍の綺麗な指が、私の中にある。それは、私の快感を高めていく。

まるで彼の指を奥に誘い込むみたいに、自分の内側が蠕動しているのがわかる。泣きたいほど恥ずかしいのに、堪らなく気持ちがいい。

「ねえ、どこが気持ちいい？」

息を荒らげながら、忍が問いかけてくる。そんなことを聞かれてもわからない。私はただ首を振り、忍から逃げようとする。

「さくら」

聞き分けのない子供を叱るように名を呼ばれた。だけど、初めての私には、どうしていいのかわからない。

「仕方がないね。ちゃんとほぐさないと、つらいのはさくらだよ」

まだ指一本しか入っていないのにと、苦笑された。

涙で滲んだ視界で忍を見上げると、キスが落ちてくる。

「ん……っ」

「どうしてそんなに聞き分けがないの」

そう言って私を責めながら、角度を変えてどんどん深くなっていくキスは、どこまでも甘い。

だから、溺れてしまう。

忍の舌に私のそれが絡め取られ、強く吸われる。何度も繰り返されるキスで呼吸が苦しくなるけど、やめることができない。忍と離れたくない。

その思いのまま、忍にしがみついた。

キスを重ねつつ、彼の指が私の背中を撫で上げる。それが気持ちよくて、ねだるようにキスを続けると、忍が口元だけで笑ったのがわかった。

そのあと、つぷりという水音と共に、中の指を増やされる。

「あ……あっ……」

微かに走った痛みと、それを上回る快感。

「さくら、中が、溶けそうだよ」

耳元で甘く囁く声に、ゾクゾクする。

「や……」

「熱くてキツい。気持ちいい、さくら？　ねえ、どうして欲しい？　俺に教えて」

「……ん、ぁん……っ」

忍が指をばらばらに動かす。私の秘所は、それを可能にする程度にはやわらかくなっていた。だけど、指二本が限界だ。これ以上は入らない。

「さくら」

甘い声で呼ばれる度、体から力が抜けていく。だけど、やっぱりソコは痛みを訴えてくる。

「い、たいよ……も、無理ぃ……」

半泣きになった私に、忍が優しいキスを落とす。と同時に、忍の指がある一点を掠めた。

直後、今までとは比較にならない快感を覚えて、私の体がびくんと跳ねる。そして、私の中からどっと愛液が溢れ出た。

「さくら——ここ？」

「……っ」

聞かれても、答えられない。忍にその場所を刺激される度に、私は声にならない悲鳴を上げた。

そこに触れられると、全身にびりびりと電流が走るみたいな感じがする。

「あっ……っあ、……あ、……ん……っ！」

忍の動きに合わせて、いやらしい水音と嬌声が響く。

「さくら。ねえ、ここ？　ここを弄られると気持ちいい？」

今の私には、忍の言葉に答える余裕もない。ただ、わかるのは、この快楽を私に与えるのも、奪うのも、より深みに引きずり込むのも、忍だということだ。

「っあ、ん、ん……っ」

忙しない呼吸を繰り返し、何とか体中を駆け巡る快感から逃れようとする。なのに、それ以上の快感をすぐに与えられるから堪らない。

「もっと俺で感じて、気持ちよくなって」

敏感な花芽を爪で弾かれたと思ったら、指で優しく撫でられる。絶えず与えられる快感に、私はおかしくなりそうだった。ううん、もうおかしくなっているのかもしれない。

「忍、忍……」

半分泣きながら、私は忍の名を呼んだ。

返事がないことに、私は一気に不安になり目の前の彼に縋りついた。シャワーで濡れたスーツが、忍の体に張りつき、綺麗なラインを浮き立たせている。細身なのに筋肉質な背中にしがみついた。

「忍、ねえ、やだ返事して、忍」

私にこんなことするのは、忍でしょ？　忍しかいないよね。

「さくら？　どうしたの」

忍から返事があったことに、心底ほっとする。と同時に、私は否応なく気づかされてしまった。

――嫌だ。こんなこと、忍とでなきゃ嫌。他の誰ともこんなことはできない。

「いやだ……忍、私、忍でなきゃ嫌」

忍が、息を呑む気配がした。

「他の人は嫌、だから忍も、他の人と、したりしないで……」

過ぎる快感が、私を素直にさせていた。無意識に本音が漏れる。そして、一度零れ出た言葉は、もう止まってくれなかった。

「嫌、絶対に嫌、忍でなきゃ嫌」

「さくら」

強く抱き締められて、深く唇を奪われる。キスをしながら、同時に胸と中を攻められて私の体が歓喜に震える。

「忍、気持ち、いい……あっ……あん」

忍の名を繰り返し呼びながら、その背中に強くしがみついた。

「さくら」

「あ、忍、……もう、つらい、助けて……！」

「……っ、ほんとに、さくらは、ずるい……っ」

何かを堪えるようにそう言って、忍は指の動きを激しくし、敏感な花芽を強く押した。更に胸の頂を舌で愛撫され——私は、今まで知らなかった快感に強く背を反らして、意識を失った。

——翌朝。

私は同じベッドですやすや眠っていた忍を蹴り落とした。

「——どういうつもりなの、忍！」

シーツで裸の体を隠しつつ、ベッドの下で頭をかく忍を睨みつける。私は裸なのに、忍はしっかり服を着ていた。ずるい。

「さくらこそ、最後までさせてくれなかった」

恨めしそうな目を向けられ、私は頭からシーツをかぶって忍と距離を取る。

すると苦笑した忍がベッドの下から何かを取る。差し出されたのは浴衣だった。

これってたぶん、寝間着としてベッドの上に用意されていたものよね。

きっと昨日のやりとりの際、ベッドの下に落ちてしまったのだろう。

そこでハッとする。私、昨日忍と……

恥ずかしすぎて、忘れたい!!　なのに、そう思えば思うほど、私の記憶ははっきり甦(よみがえ)ってきて、顔が熱くなる。

「さくら。昨日のこと思い出した?」

「うるさい」

「すごく可愛かった。途中で我慢した俺もすごい。でもさくらの本音が聞けて幸せだから俺は我慢した」

私の本音――あああああ!　忍でないと嫌だなんて恥ずかしい本音!　当の忍に、半ば迫るように言ったんだった!

私は思わず俯(うつむ)いた。言葉にならないほど恥ずかしい。恥ずかしいけど……本音を言えたこと、それでも忍が傍にいてくれることに、ほっとしている。

「そんな色っぽい顔されると、俺の自制心が持ちそうにないんだけど。今から、昨日の続きしてもいい?」

「しない」

「さくらは、俺のことが好きだよね」

「……嫌い、ではない」

この期に及んで素直にならない私に、忍が苦笑する。

「俺は、さくらが好きだよ。だから、さくらにだけは俺の気持ちを否定されたくない」

私に向かって、忍は強くそう言った。その真摯な表情が、私の心を揺さぶる。忍は私の隣――ベッドの上に腰を下ろして、私の乱れた髪を整えてくれた。何この紳士。昨日の悪魔とは別人だわ。

「昨日、無理矢理だったことは謝る。ごめん。――だけど、さくらは言ったよね」

その先の言葉がわかるから、恥ずかしくて、彼から顔を背けた。

「昨日、俺でなきゃ嫌だって言ったよ」

「あ……これは……」

昨夜、忍の手や舌に散々乱され、体と一緒に心まで暴かれてしまった。忍にされたことや、自分が口走ってしまったことを思い出すだけで、今すぐ逃げ出したくなるくらい恥ずかしい。

「俺は、これまでどおり、さくらの一番近くにいられるなら、それでいい。いつか俺を好きだって言ってくれるまで待つよ。でも、離れていこうとするなら、俺はどんなことをしても逃がさない。さくらを誰かに取られるなんて絶対嫌だ。さくらを躊躇わせているものは何？」

「――私は、忍とは違う。忍みたいに何でもできたりしないもの」

「そう言う時点で、さくらは俺のことが好きだよね。でなきゃ、好きじゃないの一言で終わる」

痛いところを突いてきた。

忍のことは、好きだ。何度も言うが、私だって初恋継続中なのだ。

だけど、ただ好きなだけでは、忍との交際、ひいては結婚に付随するものが大きすぎる。

元公家華族だった名家の跡継ぎで世界的な大企業の御曹司かつ次期総帥。しかも本人は超がつくほどの美形。そんな人の「妻」になるなんて、どれだけの覚悟が必要なのだろう。

私はベッドの上で俯き、シーツを握る手に力を入れる。忍のことは好きだけど、彼の隣で生きていく勇気がどうしても持てない。

「私……」

「さくらも悪い。俺の気持ちを否定しないで」

「…………うん」

そのことは悪いと思っているから、頷いた。でも、自分が——密かに憧れている舞子おばさまや理紗子おばさまのようになれる自信がない。

「さくらはそのままでいいよ。だから、俺の傍にいて」

私の不安を見透かしたみたいに、忍が膝立ちになって私の顔を覗(のぞ)き込んでくる。

その言葉を真に受けてはいけないと思いつつ、忍の視線に絡(から)め取られた。

「……鷹条の奥様なんて、私に、できる気がしない」

だからつい、私の口から本音が零(こぼ)れ出る。

「嫁に苦労させたくないって、おばあさまも母さんも言ってる。頼りになる二人もいるし、俺だってさくらをフォローするよ」

「フォローが前提な時点で、忍の奥さんとして駄目じゃない……」

「最初から上手(うま)くできる人間なんていない。それに、俺はさくらがいてくれればいいんだ」

忍が手を伸ばし、そっと私の頬を撫でる。

「俺がさくらを大切にする理由は、俺がそうしたいから。さくらにずっと傍にいて欲しいから、誰よりも優しくしたいんだ」

そう言って、忍が微笑んだ。

私は、自分がいかに平凡で何も持たない人間かわかっている。だから、忍が当たり前のように注(そそ)いでくれる大きな愛情に戸惑ってしまうのだ。

忍はじっと私を見ている。至近距離でも鑑賞に耐えうる綺麗な顔。

「……作られた初恋なのに？」

「作られたのは、切っ掛けだよ。俺の気持ちじゃない」

「え……」

忍の言葉は、私の中の何かを壊した。

――切っ掛け？

「さくらとの出会いは、確かに作られたものだったかもしれない。だけど、俺がさくらを好きになったのは、俺の意思だよ」

今更そこを説明しなきゃ駄目なのかと、忍は苦笑した。

「出会いなんて、自分で作るか他人が作るか神様が作るか、その程度の違いしかない」

私は忍を無言で見上げる。

「神様に作られたら運命で、そうでなきゃ思い込み？　さくらは素直だけど、極端すぎるよ」

私の髪をゆっくりと撫でる忍の手が、すごく心地いい。

「作られた初恋じゃ駄目なの？　出会いも何も自然発生でなきゃ、さくらは嫌なの？俺にとってはどんな出会い方をしても、さくらが傍にいてくれることの方が大事だ」

「……忍は、それでいいの？」

曾祖父の希望で、人生の伴侶（はんりょ）を決めてしまっていいのか。この先、本当に好きな人ができたとしても、その人を妻にできなくなるのに。

「ずっと言ってるよね。俺はさくらが好きだよ。さくらしか好きじゃない」

そう言って、忍は私の額に自分の額を合わせた。小さな頃、私が泣くと、忍はこんな風に額を合わせて落ち着かせてくれた。懐かしくて優しい思い出。

「――ただの思い込みが、二十年も続くわけない。それに俺、二十年前より、今の方がさくらのこと好きだよ。好きすぎて自分でもヤバいって思うくらいには、さくらを愛してる」

甘い声で囁いて、忍は目を伏せる。そうすると彼の長い睫毛がよく見えた。本当に忍は、うらやましいくらい綺麗な顔立ちをしている。――それが私のコンプレックスを刺激するのだけれど、そんなことを口にしようものなら、整形して顔を変えかねない。

「俺ね、ひいおじいさまの気持ちがわかるんだ」

私から少し離れて、忍が見つめてきた。

「もし、さくらが俺の前からいなくなったら――俺も、ひいおじいさまみたいに、何としてもさくらに会いたいと思う。俺が、何よりひいおじいさまのことをすごいと思うのは、あんなに愛してるひいおばあさまが亡くなったあと、それでも鷹条の為に生きてきたことだ」

でも、俺には無理かなあと言ったので、ひっぱたいてやろうかと思った。私が死んだら後追いする、そんな破滅的な愛情はいらない。

「きっと、おじいさまも父さんも俺も、桃子おばさん、櫂都さん、さくら。ひいおじいさまにとっては、皆、ひいおばあさまに出会った証、っていう存在なんだよ」

忍はやわらかく笑いながら、遠い目で過去を懐かしんでいる。

「――そう思わないと、生きてこられなかったんだよ、ひいおじいさまは」

曾祖父と曾祖母は、親の決めた家と家の結びつきを強める為の結婚だった。しかし、曾祖父は出会った曾祖母を心から愛し、愛されたのだという。

「俺とさくらの娘ならひいおばあさまそっくりだろうって、そんな簡単なことじゃないのは、ひいおじいさまもわかってるんだよ」

秘密をそっと教えるみたいに、忍が人差し指を唇に当てた。

そんな忍を見ているうちに、私はどうしようもなく胸が苦しくなる。

私はこれまで、忍の「好き」という言葉を信じなかった。それは、どれほど忍の気持ちを踏みにじる、傲慢で残酷な行為だったか。

「さくら？」

「今まで、忍の好きだって言葉を信じなくて……ごめんなさい」

――思い込んでいたのは、私の方だ。自分に自信がないからって、忍が私を本気で好きになるはずがないと思い込んでいた。でもそれは、忍の想いを侮辱することに他ならない。

「さっきは悪いなんて言ったけど、さくらは悪くないよ」

なのに、忍はまだ私を甘やかす。

「さくらの不安をちゃんと理解できなかった俺が悪い。好きだって繰り返せばいいわけじゃなかった。——俺の気持ちが、ちゃんとさくらに届いてないのに、ただ言葉だけ重ねたって無意味だ。それに気づけなかった俺が悪い」

どうしてそんなに、私に甘いの。泣きたくなるくらい、優しいの。

「さくら、これからもずっと俺の傍にいてくれる？」

「本当に忍は、趣味が悪い」

泣き笑いみたいな顔になった私を優しく抱き締めて、忍は幸せそうに微笑みながら甘く囁く。

「さくらのすべてが好きだ。俺はこの先も、さくらしか愛せない。さくらしか欲しくない。そんな俺でもいい？」

それは、旦那様としても鷹条の当主としてもちょっと問題だ。だけど、解決策はある。

「……ゆっくりでいいから、他の人も好きになってね？」

忍を見上げながら、微かに首を傾げる。

忍が、私のお願いを聞いてくれることは——よく知っていた。

何とも言えない顔をした忍は、溜息をついて笑った。

「……努力は、する。でも、今だって、ひいおじいさまやおじいさま、父さん達、家族のことは大事に思ってるよ。それと、玲奈ちゃんや葉子さんも、さくらを守ってくれてるから大事かな」

だけど、と忍は呟いた。

「好きだって思えるのは、さくらだけなんだ」

それはきっと変わらない、そう言って忍は、再び私を強く抱き締める。

——そんな忍を少しだけ嬉しく思う私も、大概だと思った。

遅めの朝食のあと、私達は揃って曾祖父のもとに行った。

二十年も待たせてしまって、とても申し訳ないけど、こうして改めて報告できることが嬉しい。

「ひいおじいさま」

「何だね、忍」

「さくらとの婚約を、年内に発表していいでしょうか」

「やっとか！」

勢い込んで立ち上がった曾祖父を、私と忍は慌てて両方から支えた。お歳を考えてください、ひいおじいさま！

「……ん？　年内？　すぐではいかんのかね？」

「少しくらいは恋人期間をください。婚約を発表したら、即結納して挙式のおつもりでしょう？」

「当たり前だ。ずっと待っていたのだしね」

きちんと座り直した曾祖父は、さも当然とばかりに頷く。やっぱり。

「俺としては、二十年待ったんだから、二十一年になっても大差ありませんし。結婚となると、女性は色々準備があるらしいので、その前にさくらとのんびりしたいと思ってます」

忍が苦笑しながら、曾祖父に申し出た。

「そうか……うん、それもそうだな。おまえ達二人のことだから、二人で決めたらいい」

うんうんと頷きながら、曾祖父は満面の笑みを浮かべて私達を見つめる。

「それで、桃子と圭一郎には報告したのかね？」

「いえ、まずはひいおじいさまにと思っていましたから」

私と忍が顔を見合わせたあとにそう言うと、曾祖父は嬉しそうに頷いた。そして、二人への連絡は自分がすると言ってくれる。

「桜子。決心してくれてありがとう。忍。桜子を大切にな」

「はい」

私達は揃って返事をし、曾祖父がご機嫌で祖母達に連絡するのを見守った。

5

――忍と婚約を決め、連休を武蔵野で過ごしたあと。

会社では、新しい年度がはじまってひと月ほどが経っている。いつものように早めに出社した私は、庶務課を掃除していた。

以前と変わった自分の気持ちが気恥ずかしい。何も考えないように集中していたからか、掃除にも力が入ってしまい普段より部屋の中がキラキラしている。

「おはよ、七瀬ちゃん」

その時、玲奈さんが出社してきた。

「おはようございます。森さん」

「おはよう、森さん、七瀬さん」

更に、少し遅れてきた葉子さんにも挨拶をし、本日の業務を確認してから私は自分のデスクで社史編纂作業を開始した。

しばらくして、じーっと私を見ている玲奈さんの視線に気づく。

「何か……七瀬ちゃん、可愛くなった？」

「聞き捨てならないなー、玲奈ちゃん」

すかさず聞こえてきた甘い声。庶務課のドアを見ると、忍が立っていた。

……いつの間に来たのかしら。ご機嫌麗しい忍くんは、定位置である私の左隣のデスクに陣取った。

「さくらはいつも可愛いよ。あ、おはようございます」

「おはようございます。うん、それはそうなんやけど。……もしかして、専務絡みという認識でよろしいか？」

「よろしいです。昨日のさくらも可愛かったけど、今日のさくらはもっと可愛いね。どうしてこんなに可愛いのかな」

いつも以上に視線を甘く感じるのは、忍の気持ちを受け入れたからだろうか。仕事中なのに、何だかドキドキして落ち着かなくなる。

それに、忍も玲奈さんも、お互いではなく私を凝視しながら会話するものだから、居たたまれない。

「はいはい、専務、七瀬さんを困らせないように」

見かねた葉子さんが助けに入ってくれる。

「あ、そうだ。葉子さん、玲奈ちゃんも。俺、心を改めました」

そう言って忍は、姿勢を正して胸に手を当てる。

「庶務課に限っては、さくらに男性社員とのコミュニケーションを取ってもらおうと思って」

――今、何を言ったのこの人。

そんな顔で、葉子さんと玲奈さんが忍を見つめていた。

こっそりこちらを窺っていた砂川課長や庶務課の男性社員もザワザワし始める。

「あ、あの、本当によろしいのですか?」

男性陣を代表して、砂川課長が立ち上がって忍に声をかける。

「いいよ。でも、世間話とかプライベートなことは駄目」

「もちろんです、そんな畏れ多いことは!」

反射的に首を振った砂川課長と男性陣に、私は溜息をつく。畏れ多いって、……私はただの一社員なのに。

「ど、どないしはったん、専務」

「少し、考え方を変えようと思って。たとえばさ、書類を運ぶ時とか、その場に葉子さんや玲奈ちゃんがいないこともあるよね。俺は、いつもここにいられるわけじゃないから、さくらが仕事ができなくなって困らないようにしておきたいんだ」

……実は昨日、一日かけてお願いしたのだ。正式に婚約を決めたわけだし、もう少し私を信頼してほしいと。早速、実行してくれたことに、思わず笑みが零れそうになる。

「大人になりはったな、専務！」

向かいの席では、玲奈さんが大袈裟なくらい感動していた。

「でも、接触は駄目だよ。偶然肩が触れたとか、そんな不慮の事故的なものも認めないから」

直前の感動が台無しになる。何という心の狭さ……そして、それを恥じないメンタルの強さに呆れてしまう。

「世間話は駄目でも、これまで同様に挨拶と、新たに業務連絡を認める――」

「……忍」

すごく譲歩してくれた忍だけれど、まずは一番に言わないといけない言葉があるはずだ。

小さく声をかけた私の意図に気づいた忍が、溜息をついて立ち上がる。そして、砂川課長達、男性社員の方を向いた。

「――今まで規制して悪かった。面倒をかけたな」

頭を下げることはしないものの、謝罪を口にした。私も立ち上がり、忍の隣に並んで頭を下げる。

「今までご迷惑をおかけして、申し訳ありませんでした」

庶務課の皆に窮屈な思いをさせたのは、私が原因だもの。忍は隣でちょっと眉を寄せているけれど、これも事前に言い聞かせた。躾は大切である。

「い、いや……七瀬くん、こちらこそ、これからもよろしく」

「いつも、伝票処理をありがとう」

「掃除も助かってるよ」

口々に言葉をかけてくれて、私は嬉しくなった。庶務課の人は、皆優しい。和やかな雰囲気になった庶務課のオフィスで、私は微笑んだ。

「……妬けるけど、さくらが嬉しいなら俺は我慢する」

「結局、妬くんかい」

すかさず玲奈さんの突っ込みが飛ぶ。こういうところはさすが関西出身だと思う。

「全然嫉妬しない俺って、もう俺じゃないからね」

「とても納得しました」

葉子さんが笑顔で同意した。

「でも、庶務課限定なんやな」

「それはね。──あ、でも業務に必要な場合は……うん、認めます」

「え⁉」

どうしてそんなに驚くのか。葉子さんと玲奈さんは、私と忍を何だと思っていたんだろう。

「玲奈ちゃん。人は成長するものなんだよ」

席に腰を下ろした忍は、余裕を感じさせる笑みを浮かべる。

「この一年、そういう意味ではまったく成長してはらんかったやん！　仕事はできるけど、七瀬ちゃんに関しては独占欲の塊やったやん！」

「それは、七瀬さんとの仲が進展してなかったから仕方ないのよ、森さん」

進展があったと気づいている様子の二人に、私は冷や汗が止まらない。

こうなると完全に、晒し者である。私はもう無我の境地で、ひたすらキーボードを叩いた。

砂川課長が、そっと「……ご苦労様」と一言添えて愛用のビタミン剤をデスクに置いてくれる。私はその心遣いを、心の底からありがたく思った。

そうしてお昼休み。

「さて……洗いざらい白状してもらおか」

「予想はついているけどね」

私は葉子さんと玲奈さんに捕獲されて、社員食堂の隅っこのテーブルに座らされていた。

「……はい。正式に婚約しました」

真っ赤になっているだろう私は、社食のAランチを見つめながら頷いた。

「あちらの粘り勝ちやな」

「おめでとう、七瀬さん」

笑顔で祝福してくれる二人に、お礼を言って微笑む。

「お式には呼んでくれるん？」

「夏は困るわね……泥跳ねが大変だし」

「ま、まだそこまで具体的には話してなくて」

私が慌てると、二人はにこにこ笑った。

「ほほう。まだとな？」

「そこまでは、ということは――ある程度は進めてるのね？」

どうしてこの二人は勘がいいんだろう。それとも、私がわかりやすいだけなのかな。

「その……まだ、内々に、です」

「そっかー。それでご機嫌だった上、規制撤廃なんてしはったんやな」

玲奈さんは、敢えて「専務」とは言わないでいてくれる。ここは社員食堂だし、どこで誰の耳に入るかわからない。

「課長や総務にはまだ報告しないのね？」

「はい。伝えるのは、公に発表されたあとになると思います」

「……退職しちゃうの？」

葉子さんの問いに、私はどう答えていいかわからなかった。忍と結婚したら、鷹条家で当主夫人教育なるものが始まるらしい。おそらく仕事と両立できるほど、易しくはないはずだ。

でも、社史編纂は、圭一郎おじさまが直々に私に与えてくださった仕事だ。期限のない仕事だからと、中途半端に放り出したくない。

「それについても、きちんと話し合おうと思います」

「うちは、七瀬ちゃんには残ってほしいなあ。せっかくマクロの組み方、一緒に勉強しとるんやし」

玲奈さんが、少しいじけたように言う。その様子が可愛くて、私は苦笑した。

「私なんかに、そう言ってくれる人は……」

「駄目よ、七瀬さん」

葉子さんが、綺麗な箸遣いで焼魚定食を平らげつつ、注意した。

「私なんか、じゃないの。あなたは、私達の自慢の後輩なんだから。自分を卑下するのはやめなさい。あなたは、他の部署から引き抜きが来ても渡せない人材なのよ」

「可愛い後輩でもあるんやからな！　自信持つんやで」

「……はい」

優しく、頼りになる二人に、私は心からの感謝と共に微笑んだ。

……私がこのまま仕事を続けたいと言ったら、忍はどうするかなあ……

＊＊＊＊＊

「……デート？」

「うん。デートしたい」

早朝の庶務課で掃除するさくらに合わせて出勤した俺は、デートの申し込みをした。

互いの想いを確認した以上、恋人としてデートをするのは当たり前だと思う。

「これまでも何度か、デートはしてもらってるけど。さくらの意思で、俺とデートしてくれたことはない」

結構、切実だったりする。悲しい事実だが、今までのデートはすべて「取引結果」でしかないのだ。

「せっかく恋人になったんだから、ちゃんとデートがしたい」

「……忍と一緒だと目立つんだもの」

さくら曰く、デートするのは嫌ではないが、俺と一緒だと人目を引きすぎるから嫌なのだそうだ。

「なら、テーマパークを貸切にする？」

デートらしい場所と、周囲の目を気にしないようにするには、と提案してみるが……

「……私は、普通のデートがいい……」

掃除の手を止めたさくらに、がっくりと溜息をつかれる。

「わかった。それなら、東山――京都の本家に行こう」

「え？」

不意に浮かんだ場所だが、案外いいかもしれない。本家の様子を見ておきたいし、きちんとさくらを婚約者だと通達する必要もある。

「もう桜は終わってるけど藤があるし。さくら、藤、好きだよね？」

ちょっと考える様子で、さくらが問いかけてくる。

「……今の時季の京都って、観光客がいっぱいなんじゃないの？」

「観光客は敷地には入らせないから問題ない。さくらが嫌ならヘリも我慢する」

さくらはヘリを嫌がる。便利なんだけどな。二人だけ――にはなれないものの、渋滞も混雑もないし。何より、さくらを男共から遮断できる。新幹線には、個室がないからな。

「ね、行こう？」

「でも、京都だと日帰りは大変じゃない……？」

俺を見つめて首を傾げるさくらが可愛い。

「もちろん、日帰りなんかしないよ。最低でも一泊、できれば二泊したいな」

さくらとの距離を詰めて、甘く微笑む。

「ど、どうして、お泊まり前提なの!?」

「ん？　逆にどうしてさくらは日帰りのつもりなのかな。恋人のデートなのに」

恋人の部分を強調して、さくらの顔を覗き込む。途端にさくらの頬が、薔薇色に染まった。

「……忍。まさかと思うけど……」

「うん。俺はそのつもり」

わざと無邪気な笑みを浮かべた。俺の中にいる、牙を剥き、爪を研ぎ澄ませた獣を、まださくらに見せるわけにはいかない。気づいているかもしれないが、もう逃がすつもりはなかった。

「……ま、って」

「二十年越しの初恋がようやく実って、すぐに襲いかからない俺を褒めてほしい」

「わ、私、有休が……」

「余ってるよね？　ちゃんと知ってる」

　さくらのことなら、俺は出退勤時刻からランチのメニューまで完全に把握している。ストーカーと言われても、気にしない。

「まさか、結婚するまで、そういうことしないと思ってた？　まあ、この間のことは反省してるし、さくらがどうしても結婚までしたくないって言うなら待つけど」

　俺の言葉に、さくらは露骨にほっとした顔を見せる。可愛い。

　さくらは感情を隠すのが下手で、思っていることがすぐ顔に出る。つまり、とても素直だ。

「その代わり、結婚したら一切我慢はしない」

　そこは仕方ない。俺の忍耐力にも限界がある。

「……だ、だって、この間、その、色々したじゃない。それじゃ駄目なの？」

　さくらの気持ちもわからなくはないが——結婚まで未遂が一回だけとか、俺が耐えられない。まして、さくらの体を見て、声を聞いて、その感触を知ってしまった今は、相当の我慢を強いられているのだ。

「……忍」

「そんな可愛い顔しても駄目だよ。こればかりは譲れない」

「だって、まだ心の準備が……」

真っ赤な顔で、さくらが視線をさまよわせる。その様子が、俺の加虐的な部分を煽っていることに、さくらはまるで気づいてない。

自分でも、さくらの困った顔にこんなにときめくなんて、知らなかった。

「だからこうして予告してあげてるんだよ。俺がパリ出張から帰ってきたら、京都へデートに行こう」

「あと十日ちょっとしかないじゃない！」

「さくら。忠告だけど」

「……？」

「適当なところで俺に同意してくれないと、本当に襲うよ？」

無邪気なふりをやめて囁くと、さくらは先日のことを思い出したらしく、びくっと震えた。さくらは、少し男性恐怖症の気がある。俺にさほど怯えないのは、俺がわざと子供の頃と変わらない口調を続けているからだ。

「……わかった。デートはする。……でも、その、そういうことは……」

「嫌？」

「……嫌、じゃない。怖いけど、忍ならいい……」

赤くなった顔を俯けて、どんどん尻すぼみになっていく声。俺はそんなさくらを、ギュッと抱き締めた。おずおずと手を背中に回しながら、さくらが上目遣いで見上げてくる。

視線で、それだけが目的じゃないよね？　と問われて、俺は頷いた。そういうことをしたいのは確かだが、それ以上に、さくらと一緒にいたい。

「……なら、いいよ」

さくらが、薄紅に染まった頬で、小さく告げた。

「だから、襲わないでね」

内心の暴走具合を見透かされたように、俺はさくらからしっかりと釘を刺されたのだった。

＊＊＊＊

——忍と、お泊まりデートが決定してしまいました。

「あの……お父さん、お母さん、おばあちゃん」

家族揃った夕食の時間。私は、意を決して切り出した。

「来週かな、有休取って、忍と東山のお家に行ってくる」

「東山？　本家ですか？」

「うん」

私と忍が婚約を内々に決めたことは、祖母経由で両親も既に承知していた。

私は、母の得意料理である炊き合わせを口に入れながら、次の言葉を探した。

すると、同じように返事に困っていたらしい父が、口を開く。

「あー……桜子。結婚する前に、しばらく忍くんと一緒に暮らしてみたらどうだ？」

「え」

まさか親からそんな提案をされるなんて。時代って変わるんだなあと思う私は、たぶん考えが古い。

「今は、お試し期間と言うのかな。一定期間、一緒に暮らしてみて、お互い良いところとか、悪いところなんかを……色々確認し合うんだろう？」

「うん……忍と相談してみる」

私が頷くと、父と母は顔を見合わせて苦笑した。

「別に、結婚に反対しているわけじゃないからな？　忍くんのことはよく知ってるし」

「ええ。ただ、心配なだけよ。桜子、家事は大丈夫ね？　結婚したら忍くんの体調管理は桜子の仕事なのよ？」

もし同棲することになったら、家のことと仕事を両立しなくてはならないのだ。基本的に、仕事は定時で終わるし、予定も立てやすいから、そこは私の努力次第だろう。

「わかってる、家事も大丈夫。ハウスキーパーレベルは無理だけど」

「私は、婚前同居なんて必要ないと思いますけれどね。忍くんが桜子を不幸にすることなんて、あり得ません」

食事を終え、お茶を飲んでいた祖母がそう言った。

——やっぱり、ツンデレな祖母である。

でも食後、後片づけを終えて部屋に戻ると、祖母は「預かっていたものです」と、次期当主夫人の指輪を持ってきてくれた。

私は、祖母から受け取った指輪の箱をゆっくり開ける。そこには、大きなブルーダイヤモンドの綺麗な指輪がしまわれていた。震える指で指輪を取り出すと、ブルーダイヤの周囲を飾る小さなダイヤモンドがキラキラと光を放つ。

忍としては、デザインが少し古いから、私のサイズに合わせるついでにリフォームしたいそうだ。

私はその指輪を、そっと右手の薬指に嵌めてみた。

何故右手かというと、左手の薬指に嵌めるのは駄目だと、忍が猛反対したからだ。彼曰く、左手の薬指に最初に指輪を嵌めるのは、忍自身らしい。

私の指に嵌まったブルーダイヤの指輪は、少しだけ緩かった。

普段は恐ろしく長く感じる仕事の時間が、今週はあっという間に過ぎていく。私の業務内容は何も変わらないのに、体感速度がまるで違うのだ。

パリ出張で忍が不在なので、庶務課もいつもより静かに感じた。

忍が帰国したら……東山のお泊まりデートが待っている。そこで、その……そういう関係になる予定だ。この間のことを思い出すだけでも恥ずかしいのに、それ以上とか……無理なんじゃない？　と思いつつも、忍にこれ以上我慢させたくない気持ちもある。何より私が、忍に触れたい。

貧相な体を見られる恥ずかしさもあるけれど、忍はそれでもいいらしい。趣味が悪いと思いつつ、嬉しい気持ちもある。

恥ずかしさも、怖さもあるけれど――忍が好きで、彼を信じられる今なら、大丈夫。私は、自分にそう言い聞かせていた。

そしてあっという間に迎えた、次の週の木曜日。社員食堂でランチしていたら、忍から連絡があった。

――さっき帰国した。これから、出社してもいい？

お断りだ。会いたい気持ちもあるけど、今はまだ、駄目だ。

「すみません、ちょっと電話してきます」

葉子さんと玲奈さんに断ると、「例の御仁やな」「日数的にも確定ね」と笑い合っていた。この二人には、何もかもバレバレである。

人気のない場所を探してコールしたら、すぐに忍が出た。

「……忍？」

『さくら。さくらに会いたい、今から出社してもいいよね？』

「明日の金曜日と月曜日、有休取ったから、今日はゆっくり休んで。疲れてるでしょう？」

『疲れてはないけど。……わかった。明日の朝、迎えに行く』

渋々ながら、忍は引き下がってくれた。

私はホッと息を吐き、スマホをバッグに入れる。テーブルに戻ると、改めて有休を取ることを二人に詫びた。葉子さんと玲奈さんは顔を見合わせたあと、揃って楽しげに笑い出す。

「金・土・日・月の四連休か。ゆっくりしておいで」

「ふふ、でも気のせいかしら。どなたかの帰国と続いてるわねえ」

「ええんちゃうかー。特に、急ぎの仕事もないし」

「そうね、ゆっくりしてきたらいいと思うわ」

本当に、どこまで把握されているのかわからない。

ずっと笑顔の二人に、「何もありません、誤解です」とは、言えなかった。……実際、誤解ではないのだから、仕方ない。

「あ！　七瀬ちゃん四連休か！」

その時、急に何かを思い出したらしい玲奈さんがぱちんと額(ひたい)に手を当てた。

「どうしたの、森さん」

「いや、七瀬ちゃん、伝票入力速いやん？　入力お願いしたい伝票があったの忘れてた」

「なら、今日の午後に入力しますよ」

「ええん？　社史編纂(へんさん)、後回しにして」

「急いでませんし。四日も置きたくないんでしょう、森さん？」

バレてもうた、と笑った玲奈さんは、コーヒー牛乳を「賄賂(わいろ)や」と奢(おご)ってくれた。


そうして迎えた金曜日の朝。

約束した時間より少し早く、私は玄関を出た。すぐに静かなエンジン音がして、振り返ると高級車の運転席に忍がいた。ただでさえ目立つ容姿なのに、車まで……

「ごめん。遅れた？」

「ううん。私が早めに出てきただけ。……忍が運転するの？　電車でもよかったのに」

「うん。あとで羽田(はねだ)まで誰かに取りに来てもらう」

「帰りはどうするの？」

「滝上にでも乗って来てもらおうかな。車受け取ったら、滝上は帰ればいいし」

滝上さんを何だと思っているのか。

「ハイヤーでもよかったけど、さくら、あんまり好きじゃないよね」

「……この超高級車よりは好きかもしれない」

私が溜息をつくと、忍は「おじいさまの車の方が高いよ」と、ズレた返事をした。


飛行機と特急、ハイヤーを乗り継いで、東山の本家に到着した。ここに来るまでの費用は一応メモしておいた。忍は基本的に私に払わせてくれないけど、今回はデートなのだから、折半（せっぱん）したっていいはずだ。飛行機代と特急代も調べてある。帰りまでに、何とかして受け取ってもらおう。

「次期様。桜子様。お久しぶりでございます」

内側から大きな門が開き、ずらりと並ぶ「鷹条本家にお仕えしている」人達が姿を現した。

毎回のこととはいえ、まるで時代劇みたいな光景に、つい笑みが引き攣（つ）りそうになる。

……よかった、ハイヤーの運転手さんに帰ってもらって、本当によかった……！

「久しぶり、澄子（すみこ）さん。二泊するね」

「はい」

喩えるなら、侍女長というか——この本家の維持管理その他一切の統括者である澄子さんに、私も挨拶する。

「お久しぶりです。よろしくお願いします」

「ようこそいらっしゃいました、桜子様。それで次期様。お部屋は、東の離れと承っておりますが」

「うん。あっちの方が、桜は遅いよね？　まだ咲いてる？」

「ヤナギザクラなら残っておりますよ。藤も美しゅうございます」

自然な流れで、女性達が荷物を預かってくれた。こういう至れり尽くせりな感じは苦手だけど、仕方ない。

「桜子様も、次期様と同じお部屋でよろしゅうございましたか？」

思わず噴き出すかと思った。

やめてください、あーそういうことか、みたいな生温い目で微笑むのはやめてください。

「そう、同じ部屋。食事も部屋まで持って来てもらえるかな」

「承知いたしました」

忍はまったく動じていない。この男には羞恥心がないのかしら。

「さくら、行こう」

案内はいらないので、忍は俯（うつむ）いている私の手を取って歩き始めた。美しく調（ととの）えられた庭も、母屋（おもや）の落ち着いた佇（たたず）まいも、今の私の目には入らない。ただひたすら、恥ずかしい。

「さくら、どうしたの？」

「……わざわざ、同じ部屋って言わなくてもいいじゃない……」

私の声は、自然と恨（うら）めしげなものになる。

「だって、言わなきゃ別の部屋にされるし」

「それは……そうだけど」

「さくら。十日もあげたんだから、ちゃんと覚悟はできてるよね」

その覚悟と、他人様（ひとさま）に関係を吹聴（ふいちょう）するのは別問題だと思う。だけど、いわゆる恋人繋（つな）ぎで絡（から）め合った忍の指が、とても心地よかったから——それ以上文句を言うのをやめた。

私と忍は、ゆっくりと庭を散策し、離れに着いた。外見は古風に、中は快適な最新仕様に改築されている東の離れには、部屋は二つしかない。控えめに造られたこの離れが、敷地の中に点在する建物の中で、私の一番のお気に入りだ。忍は、そのことを知っている。

「さくら。ここに荷物置く？　二の部屋なら、明かり窓から庭が見えるし」

二つの部屋はどちらも十二畳ほどで、広さは大差ない。やや華やかな造りが一の部屋、明かり窓のある方が二の部屋と呼び分けている。

「うん。……え、待って。荷物の部屋まで一緒にしたら、着替えとかどうするのよ」

「俺は気にしない」

「そうでしょうね！」

私は気にする。当たり前だ。

「なら、俺はそっちの書院を使う。あ、先に澄子さんに電話させてね」

忍は、内線電話で澄子さんに「二の部屋にする」と伝えた。「ちょっと待って」と断って、私を振り返る。

「さくら、夕食はどうする？」

「あんまり食欲ない……」

このあとのことを考えると、どうしても緊張して、食事をする気分ではない。

「俺も別にいいかな。……澄子さん、ごめん。やっぱり夕飯はいらない。明日の朝、また電話する」

忍は、澄子さんに謝罪して電話を切った。

「食事の用意をしてくれてたのよね……申し訳ないことしちゃったかな」

「さくらは気にしなくていい。それより……まだ明るいけど、風呂に入る？」

私の心臓が、どきんと音を立てた。

「……う、うん。入る」

東の離れには、大正時代くらいの当主が温泉を引いて造った立派なお風呂がある。そして私達がここに泊まると連絡している以上、いつでも入れる状態になっているはずだ。

「……じゃあ、さくらが先に入って」

「わ、わかった」

私はバッグから着替えを取り出し、部屋に用意されていた白い寝間着を持って、お風呂場に向かった。

檜（ひのき）造りの浴室は、とてもいい香りがして気持ちいい。お湯は適温で、私の思考をぼんやりさせた。一度浴槽から出て、髪と体を丁寧に洗う。改築した時に新しく付けたというシャワーは、使い心地がよくて、アメニティも檜（ひのき）に合った優しい香りをしていた。

もう一度浴槽に戻った私は、極度の緊張と、朝からの長距離移動による疲れで、つい浴槽の中でまどろんでしまう。

「さくら」

忍の声がする……。でも、眠い。あったかくていい香りで、頭がふわふわしてる。

「さくら、平気？」

ノックの音と共に、磨り硝子の向こうに忍の姿が見えた。その瞬間、ぼんやりした意識が覚醒する。

「な、何？」

「そろそろ一時間くらい経つけど、大丈夫？」

嘘……そんなに時間が経っていたなんて！

「ごめん、もう出る！」

「わかった」

引き戸の向こうから忍の気配が消えたのを確認して、私は急いで風呂を出た。やわらかくて吸水性のいいタオルで体を拭き、支度を整える。……その、何というか、恥ずかしい。

床暖房がしっかりきいている廊下を歩き、一の部屋に入った。

……メイクした方がいいのかな。でも、忍は私のすっぴんなんて見慣れてるし。

「……さくら」

隣の二の部屋から、声がかかる。

「は、はいっ！」

ドキッとして、声がひっくり返りそうになった。

「俺も風呂に入ってくるから、少し待ってて」

遠ざかっていく足音を聞きながら、私は緊張で高鳴る鼓動を持て余すのだった。

＊＊＊＊

俺達は今、二の部屋の布団の上で向かい合って正座している。

部屋の中は、明かり窓から差し込む夕陽で十分に明るい。自然光である以上、これ以上暗くして欲しいとも言えないようで、さくらは困った顔で窓と室内を交互に見ている。

「さくら」

「……はい」

さくらは泣きそうな顔で俺を見上げる。その表情が可愛くて、ギリギリで抑え込んでいる俺の劣情に火を点けた。

「本当に嫌だったら、言って」

そう言いながら、静かに距離を詰める。細い肩に手をかけると、緊張した様子でこくんと頷いてくれた。

「……でも、やめてあげられる自信はないけど」

「い、嫌じゃない。忍のことが好きだから」

真っ赤になったさくらが、消え入りそうな声で言った。

「恥ずかしいのと、怖いのが半々なだけで……」

嫌なわけではないと、繰り返される。その言葉を聞いてほっと安堵する。

「優しくする」

俺はできるだけゆっくり、さくらにキスした。

「……ん……っ、忍……っ」

キスを続けながら、さくらの寝間着を少しずつ脱がせる。純白の絹の下から、薄紅に染まった肌が現れる。華奢な首筋に口づけると、さくらの体が微かに震えた。強く吸って痕を残しながら、俺はさくらの耳朶を唇で食んだ。

「……っあ……」

互いに求め合っていることを確かめたい俺に、さくらは甘く濡れた声を聞かせてくれる。

帯をといて、ゆっくりと衣を剥ぎ取った。

さくらはブラを付けていなかったから、真っ白なふくらみが露わになる。薄桃色の先端が、俺を誘うようにふるりと揺れた。

一方を軽く指で摘まみ、もう一方に吸いつく。先日よりも遥かに甘く感じるさくらの肌に、俺はすぐ夢中になった。

時々強く吸い上げ、赤い痕を残していく。俺の手で形を変える白いふくらみは、やわらかくて張りがある。両手で揉みしだきながら指と唇で先端を愛撫すると、さくらが甘く抗議の声を漏らした。

「ん、胸、ばっか、り……っ」

「だって、ちゃんと触りたかったから」

前回は、さくらを危うく傷つけるところだった。俺も初めてだったとはいえ、感情に任せた乱暴な愛撫は、さくらにとっては恐怖だったかもしれない。

「俺のこと、怖い？」

胸への愛撫をやめて、さくらの顔を見つめる。

「……怖くない」

その答えにほっとして、俺はさくらを抱き締めた。

「さくらが欲しい。もっと、さくらの傍に行きたい」

そっと抱き締め返してくれるさくらの唇にキスをする。そのまま、首筋から胸へとキスを落としながら、胸への愛撫を再開した。赤く色づいた頂を舌でつつくように転がし、手のひらで白い乳房を揉みしだく。控えめだけれど形のいい乳房は、やわらかく形を変え俺を興奮させた。

「……ん……っ」

「さくら」

目を閉じて、くすぐったそうに体を捩るさくらに、俺はそっと呼びかける。

俺を見ていてほしい。さくらに触れているのは、抱いているのは、俺なんだとわからせたかった。

「さくら、目を開けて」

「……や……恥ずかしい……」

「ね、俺を見て」

甘く懇願する。さくらはうっすらと目を開けて、潤んだ目で俺を見た。

「忍……？」

不思議そうに瞬きをして、俺の名を呼ぶ。それだけで、安堵するなんて我ながら単純だ。俺は、溢れる想いのまま、行為を再開した。

「あ、や……っ」

赤く染まった耳に、舌で触れた。耳朶をやんわり噛むと、さくらが俺の胸元にしがみつく。

「やだ……っ」

「さくら、耳、弱いよね」

可愛い。食べたい。今から食べるけど。

俺が耳元で囁くと、彼女は真っ赤になった。耳全体を余すところなく舌で嬲ると、甘く啼いて俺を煽る。

「あ、んっ……」

まだキスと少しの愛撫しかしていないのに、こんなに感じてくれて嬉しい。

もっと感じて欲しくて耳を舐めると、嬌声を堪える為かさくらの唇がきつく噛み締められた。

「駄目だよさくら、唇に傷がつくから、それは駄目」

さくらの唇を指先で撫でる。やわらかくて、赤く潤った唇は何とも蠱惑的だ。

「……っん……」

甘い声を上げ、とろんとした瞳で俺を見つめてくるさくらは堪らなく色っぽい。

「ねえ、どこが気持ちいい？」

「……や……」

唇を撫でながら囁くと、さくらは恥ずかしそうに横を向く。俺は両手でさくらの顔を包み込んで、深く唇を重ねる。先日とは違い、素直に俺の舌を受け入れた。

「ん……っ」

さくらの唇、さくらの舌、さくらの口内。すべてが甘く感じる。さくらが呑み込みきれずに零した雫を、舌で舐め取った。

「っ……あ……」

キスの合間に息継ぎをし、すぐにまた舌を絡め合う。さくらは苦しそうに胸を喘がせているけど、やめてとは言わなかった。そんな彼女に甘えて、俺はキスを繰り返してしまう。

「……全部」

さくらに触れたい。さくらを感じたい。

「え……？」

「全部、触って、いい……？」

俺が確かめると、さくらは微かに頷いてくれた。

頬、顎、首筋に口づけ、舌で肌を味わう。きめ細やかな白い肌は、さくらが声を上げる度に、より甘くなっていく気がした。

「しの、ぶ。痕……あんまり……」

残さないでと訴えられるけれど、無理だ。目の前の白い喉に噛みつきたいのを我慢している。痕を残して、めちゃくちゃにしたいくらいさくらが欲しかった。

ゆっくり、時間をかけて気持ちよくさせたい気持ちと、乱暴に奪いたい欲求とが、俺の中でせめぎ合っている。

「さくら」

名前を呼ぶ声にも余裕がなくなっている。夕闇の中、白く浮かび上がる肌は、それだけで俺の欲望を駆り立てた。

首筋にいくつも赤い花を散らした俺は、息を乱すさくらの体を反転させる。戸惑った反応が可愛くて、俺は黙って彼女の項に吸いついた。

「ん……！」

少し高い声が、さくらの口から漏れた。項が弱いのか、反射的なものかわからなくて、もう一度そこにキスをした。

「あ、ん……っ！」

今度ははっきりと感じているとわかった。嬉しくなって、俺は執拗に口づけを落としていく。枕に顔を押しつけ必死に快感に耐えている様は、ひどく官能をそそった。

「気持ちいいなら、声、我慢しないで」

項にキスをしながらそう囁くと、嫌がるように首を振る。髪がさらさらと乱れ、肌の白さが際立つ。

「気持ちよくない？　俺が触るのは嫌？」

「や、じゃな……」

荒い息で、さくらが首を振る。素直に感じているとは言えないらしい。なら俺は、さくらの羞恥心を剥ぎ取っていくしかない。

右手をさくらの体の下に差し入れ、乳房を掴んだ。指で先端を刺激すると、背中がびくんと反った。

「背中、綺麗だね。ここも、触りたかった」

くっきりと肩甲骨が浮いている、華奢な肢体。天使の羽という言葉を思い出しながら、さくらの背中に口づけ、時折歯を立てる。

――天使の翼なんていらない。自由に飛び立てないように剥ぎ取って、ずっと俺の傍に留めておきたい。

すうっと背筋に指を這わせると、さくらの体が大きく震えた。

枕に顔を押しつけて、必死に声を我慢している。

「我慢するなって言ってるのに」

「ん、くすぐった……っあ……っ」

感じているくせに、それを素直に表に出すのを嫌がるのも可愛い。

「さくらの声が、聞きたい」

俺しか知らない、誰にも聞かせたことのないさくらの声が聞きたい。

その思いのまま左手もさくらの体の下に入れ、両手で乳房を揉む。少し体を持ち上げれば、俺の唇が項に届く。同時に複数の場所から与えられた刺激で、さくらは枕から顔を上げ声を零した。

「や……、あ……っ！」

「……っ」

快感に濡れた甘い声に、俺自身が限界になりそうだった。

だけどまだ駄目だ。まだ、さくらをちゃんとほぐしてない。前回がかなり無理強いだった自覚があるだけに、俺は、彼女に少しの痛みも与えたくなかった。

「ん……っ、っあ……」

項にキスを落としながら、右手を滑らせて、なだらかな腹部を撫でた。そのまま綺麗にくびれたウエストに手を這わせる。

愛しさと共に、さくらの背中に口づけ、肩甲骨、背骨、腰骨と辿っていく。中途半端に体に巻きついていた帯をほどき、寝間着と一緒に濡れ始めた下着を脱がせて、さくらの全身を露わにする。

「……っ」

外気に触れて、ふるりと震えた体を、後ろから抱き締めた。

さくらが、顔だけで俺を振り向く。

「忍……やだ」

そんなことを言われても困る。さくらのお願いでも、途中でやめる気はない。

「これじゃ……忍の顔が見えない」

「え」

「……忍が気持ちいいか、わからない」

だからこの体勢は嫌だと言われた瞬間——俺は突き上げてくる衝動と戦う羽目になったわけで。

「……俺も、気持ちいいよ」

「……ほんと？」

「ああ。それに、俺がさくらに嘘ついたことあった？」

そう言うと、さくらは安心したように笑った。くそ、可愛い。

さくらの体を起こして、向かい合わせて抱き合う。やわらかなふくらみが胸に当たってふにゃりと潰れて、気持ち良くておかしくなりそうだ。

「……ん」

今度はさくらの方から、俺の頬に手を添えながら、キスをくれた。俺と向き合った体勢で、膝立ちしているさくらの方が、少し目線が高い。

下から見るさくらも可愛くて、俺は夢中になってキスを重ねた。

互いの唇の間から、混ざり合った唾液が顎（あご）を伝って流れていく。俺はそれを舐（な）め取り、さくらの首筋に舌を這（は）わせた。

さくらは、ただ俺の与える快感を受け止め感じてくれている。

綺麗に浮き出た鎖骨を舌でなぞり、やわやわと甘噛みした。その度に、さくらの胸の先が色を濃くし、艶やかに立ち上がっていく。誘われるままそれを口に含み、舌先でつついた。

「あ、あ……ん……っ」

よほど気持ちいいのか、さくらは声を殺さない。もう一方の頂も指で擦り合わせるように刺激すると、さくらの腰が跳ねた。

「ん、……っあ……」

「さくら」

「や、そこで、しゃべらな、いで……っ」

息がかかるだけでも感じてしまうらしく、さくらの体が震える。それが怯えではなく快感ゆえだと、俺はもう理解していた。

「さくらが、ちゃんと気持ちよくなっているのか、俺に教えて」

そう言うと、その不規則な唇の動きにも快感が走るようで、さくらは嬌声を上げる。

「あ……っ……あ……ぁん……っ！」

可愛い。さくらは、何もかもが可愛い。

「しの、ぶ」

「ん」

言いたいことは何となくわかった。きっと焦れているんだろう。前回より、前戯に時間をかけているから。

「さくらの肌、甘いな」

今度は手で愛撫していた方の頂を口に含み、舌で嬲る。尖らせた舌先でころころと転がすと、さくらが甘く苦鳴を零す。

「……や、それ、やめ……」

「嫌なの？　気持ちよくない？」

「っ……、あ……っ！」

俺は、頂への愛撫を続けながら、両手でさくらの腰を抱いた。華奢な腰に手を這わせると、それだけでさくらは身を捩る。

「さくらは、どこを触っても感じるね？」

先日は足の指にも感じていた。せっかくだから、今日も攻めさせてもらおう。

さくらの両脚を開かせて、薄い下生えに隠された秘所にそっと触れる。そこはもう、しっかりと濡れそぼっていた。

「……っ」

一瞬、期待するように震えたさくらに、俺はわざと意地悪く告げた。

「ここは、最後」

普段は俺がさくらに翻弄されているんだから、こういう時くらい、俺に主導権を持たせて欲しい。本音を言えば、もっとさくらに触りたいだけなのだが。

腰を抱いていた手をずらし、太腿を撫でる。手のひらに吸いつくなめらかな肌に、背中がぞくぞくした。

日に焼けていない、白い肌に唇を寄せ強くキスをする。

うっすらと残った赤い痕が、花みたいに見えた。

細い脚を持ち上げ、太腿から足首まで、余すところなく口づけていく。

「……っ、……！」

俺の手で軽く掴めてしまう細い足首にキスをして、足の甲を舐め上げてから指を口に入れた。さくらは目に見えて体を震わせ、はっきりと快楽を訴えている。

もう一方の足も丁寧に舌で愛撫すると、さくらの体がぐったりと脱力した。

「さくら？」

「……疲れ……」

疲れちゃった、と泣きそうになっている。

「ごめん、ちょっと調子に乗ったかも」

謝りながらキスしたら、さくらは甘く潤んだ瞳で俺を見ている。眠いのか、疲れたのか。どちらにしても、このまま終わらせるつもりはない。

ゆるりとさくらの秘所を撫でた途端、さくらの体がびくんと跳ねた。

花弁を捲るまでもなく、俺の指はさくらの愛液で濡れている。

「大丈夫そうかな」

俺はさくらの中に中指を挿し入れた。くちゅりと濃度のある水音と共に、さくらの中はすんなりと俺の指を受け入れる。

「あ……っん！」

「前よりやわらかくなってるかと思ったけど……やっぱりキツイか」

これでは、二本目を入れるのも苦労するかもしれない。

「っ……ん、……あ……っ、あ……っ……」

さくらの声に、痛みと快感の両方が混じっている。

俺は、前回見つけたイイ場所を探っていく。ざらりとした内襞を擦りながら、前回見つけたポイントを指で刺激した。

「あぁ……っ！」

さくらが一際高い声で啼き、同時にどっと愛液が零れ出た。

「さくら、ここ？」

わざと羞恥心を煽るように問いかけると、さくらはこくこくと壊れた人形みたいに頷いた。

「素直だね。可愛い」

溢れた愛液を人差し指に纏わりつかせ、中指と一緒にゆっくりと挿し込む。

するとさくらは、俺の脳髄が溶けそうな甘い声を出した。

「あっ、あっ……ふぁ、ん……あ！」

二本の指で、交互にイイところを刺激すると、さくらは大きな目に涙を浮かべる。

「どうしたの？　痛い？」

やめる？　と聞きながら指を引き抜こうとしたら、さくらの中がきゅっと締まった。

「も、いじ、わる、しない、で……っ」

息も絶え絶えにそう言って、さくらは潤んだ瞳で俺を睨みつける。

その視線に、心臓を鷲掴みにされたかと思った。

俺は一気に中から指を抜き取り、さくらの秘所に舌を押し当てる。やわらかな花弁を甘く噛んだあと緩く舐め回すと、さくらが悲鳴を上げた。

「やだぁ……っ……あ……っ」

ぬかるんだ秘所を執拗に舌で舐めながら、隠れていた花芽を剥いた。ぷくりと膨らんだ蕾に触れると、甘く熟した、女の匂いが溢れる。さくらの、甘い匂い。

「っあ、あ、いや、忍、っあ……！」

快感でさくらの全身が震え出す。色を濃くした花芽を舌先でつつき、軽く歯を当てて唇で挟む。そうすると、さくらの口から、甘い啼き声が零れた。

「気持ちいい？」

確認しつつ少し強めに花芽を唇で挟んだ瞬間、さくらが大きく身を捩らせた。

「あ、しの、……だめ、……っぁ、あああっ！」

艶やかな悲鳴を上げてさくらが達した。その陶然と蕩けた表情に、抑えつけていた俺の欲望が刺激される。

「……っあ……っ……」

余韻に浸っているのか、ぼんやり俺を見る目が色っぽい。ぞくっと背中を走る快感に導かれるまま、俺はさくらに唇を寄せた。

「さくら、……もういい？」

「……？」

入りたい。さくらの中に、俺を入れたい。

「さくらを、抱きたい」

自分でもわかるくらい欲に濡れた声で、懇願する。

「……ん」

小さな頷きが返ってくると同時に、俺は衣服を脱ぎ捨てた。

さくらの目が見開かれ、表情が戸惑いに揺れる。だけど、もう止めることはできない。

「できるだけ、優しくする」

そう言いながら、さくらに触れるだけのキスをした。ゆっくり唇を離すと、さくらは真っ赤になって、もう一度頷いてくれた。

用意してあったゴムを探る。さくらはその間、視線を逸らしてくれていた。

「……忍」

「ん？」

「えっと……大丈夫」

「何が？」

「今日……は、大丈夫」

……その言葉の意味がわからないほど、俺も子供ではない。

避妊具を着けないセックスは、妊娠の確率が高いと聞いている。たとえ中に出さなくても、確率としては大差ないとかで、大学時代の悪友がぼやいていたのを思い出す。

「でも」

「……初めてだから、……その」

忍を直接感じたいの。

頬を紅潮させたさくらにそう言われれば、俺に否やはない。

それに、さくらとは結婚するんだから子供ができたところで何の問題もない。もし出来婚について何か言ってくる輩がいたら、黙らせるだけだ。

「……わかった」

さくらを抱き締め、深くキスした。俺達は、今日だけで何回キスをしただろう。だけど全然足りない。もっと、さくらが欲しかった。

秘所に指を這わせると、すぐに愛液が溢れてくる。

「や、もう……私、や……」

感じすぎる自分が恥ずかしいのか、泣きそうになっている彼女が可愛くて堪らない。

「可愛い」

何度も言った言葉を口にしたら、忍の目は節穴だからと言われた。心外だ。

指を入れて中を抉ると、ざらついた内襞が熱くなっている。もう一本挿し込んでも、難なく受け入れてくれた。

「……っ」

「気持ちいい？」

答えて、と耳元でねだると、さくらは素直に頷いた。……さくらは、俺が甘えると弱いらしい。

キスをしながら、さくらの中を刺激し続ける。溢れる嬌声はキスに溶けた。

指を動かすうちに抽送の抵抗がなくなってくる。

さくらが俺の背中に手を回し、もういいと合図をしてきた。

「最初は、痛いと思うけど」

「ん」

わかってると、さくらは頷いた。

「我慢できなかったら、言って」

「大丈夫……痛くても、忍だから、いい」

——理性が灼き切れるかと思った。

一気に押し込みたい衝動を何とか堪えて、俺は慎重にさくらの中へ自身を入れていく。

「……っ」

さくらが、顔をしかめて痛みに耐えている。ずぶ、と濡れた音を立てながら、俺はさくらの中を少しずつ拓いていった。

「さくら」

「……うん」

ぎゅっと俺にしがみつき、彼女が目を閉じる。俺はゆっくり腰を進めていく。ざらざらした熱い粘膜が俺を包み込み、恐ろしく気持ちよかった。

……気持ちよすぎて、おかしくなりそうなくらいに。

「————っ！」

さくらが悲鳴を噛み殺して、俺の背中に爪を立てた。微かに痛むけれど、さくらの痛みに比べたら大したことじゃない。

「……さくら」

痛みに耐えながら、さくらは俺に縋りつく。まだ全部は入ってない。でも、それでいいかと思って腰を引きかけた時、さくらが涙に濡れた目を開けた。

「や、だ」

「さくら？」

「ちゃんと全部……入れて」

痛くて泣きそうになってるくせに。そんな健気なことを言ってくる。

「忍は、私の全部、触ったでしょ。私も、忍の全部が欲しい」

「……さくら」

「……我慢、しないで。……忍が欲しいの」

……二十年ずっと想い続けた相手にそう言われて、——何とか繋ぎ止めていた理性が完全に吹き飛んだ俺は、そのまま一気に、奥まで貫いた。濡れた音と共に、さくらが俺を根元まで銜え込んでいる。

「……っ」

きつく、やわらかく絡みついてくる内襞の繊細な動きに、俺は息を殺した。さくらは浅い呼吸を繰り返して、痛みをやり過ごそうとしている。

さくらの唇の間から、俺を呼ぶ甘く濡れた声が漏れる。そこに痛みの色は薄く、代わりに快楽が潜んでいる気がした。

「さくら……大丈夫？」

「ん……忍……」

キスをねだられ俺が応えると、安心したように目を閉じた。

やわらかく唇を合わせながら、できるだけゆっくりと腰を動かす。俺の下で、さくらが気持ちよさそうに吐息を漏らした。甘い声は香るように艶めかしい。

抽送を繰り返すうちに、さくらが感じるペースが何となくわかってきた。

「あ……っ、……ん……っや……っ」

さくらの声が熱を持って艶を帯びるごとに、俺の興奮も高まっていく。

ゆっくりだったのは最初だけで、いつしか衝動のまま激しく腰を動かしていた。

「ま、……って……ぁんっ！」

俺の律動に合わせ、華奢な体が上下に揺れる。爪を立ててしがみついてくるさくらは、込み上げる快感を必死に耐えているみたいだった。さくらにとっては、挿入時の痛みより快感の方がつらいのかもしれない。

「ん……っ……」

さくらの秘所は熱く蕩(とろ)け、くちゅくちゅと淫猥(いんわい)な音を立てて俺を締めつけてくる。
腰を引くと、内襞(うちひだ)が追い縋(すが)るように纏(まと)わりつき、より奥へと誘い込んでくるようだった。今にも持って行かれそうな衝動と闘いながら、さくらを揺さぶる。

「あぁ……っ……」

突然、さくらが高い悲鳴を上げた。どうやら、俺の先端がさくらのイイところを擦ったらしい。

更にきつくなった締めつけに、俺も達しかける。

「……っ！」

それを何とかやり過ごし、俺はおもむろにさくらを抱き起こした。繋(つな)がったまま正面から抱き合って座る——いわゆる座位へと体勢を変える。それにより、更に深くさくらと繋(つな)がった。

「ぁああっ！」

悲鳴に近い声音なのに、ひどく甘く俺の耳をくすぐった。

びくびくと身を震わせて、さくらは俺にしがみつく。同時に、俺をしっとりと包み込み、より奥へと誘い込もうとした。

「ぁあ、……ん、ああ……っ」

「さくら……もっと、動いていい？」

俺も、限界が近い。掠(かす)れた声でそう告げたら、さくらは俺にしがみついて頷いてくれる。

細い腰を支えて、ぐっと奥を突き上げた。奥を突く度にさくらの体が跳ね上がる。

そして、何度も奥を突くうちに、より快感を求めようと自(みずか)ら腰を揺らし始めた。

「……んっ……」

少しずつ、さくらの動きが大胆になり、表情も恍惚(こうこつ)としたものに変わっていく。俺が腰を引くと、内襞(うちひだ)が逃すまいと絡(から)みつき、さくらの脚が俺に絡(から)みついた。

「さくら。気持ちいい？」

「ん……っ」

「腰、揺れてる」

俺が指摘すると、さくらは嫌がるように首を横に振った。けれど、彼女の内襞(うちひだ)は、俺を淫(みだ)らに締めつけてくる。俺は、敢(あ)えてゆっくりと腰を動かした。

焦(じ)れたさくらが、俺を潤(うる)んだ瞳で見つめてくる。その瞳の奥に欲情を見て、俺は繋(つな)がったまままさくらを押し倒した。

「あっ……」

「俺の方が、さくらに飢えてる」

そう言って、俺は今までの緩慢(かんまん)さから一転、激しく腰を使い始めた。さくらの弱いところも、最も感じる場所も、わかっている。そこを狙って刺激すると激しく乱れた。

「あ……っぁ、ん……あ、や、ん……！」

前後左右、そして丸く円を描くように腰を動かすと、さくらは甘い嬌声を上げ続けた。

「忍、忍……っ！」

俺の名を甘く呼びながら、さくらは涙を零して快楽に溺れる。そんなさくらの姿を見て、俺は泣きたいほど嬉しかった。

「あ……ぁあ、あ、あ……っ！」

さくらの喘ぎが大きく乱れ、断続的になってゆく。俺は限界まで腰を引いて、一瞬、動きを止めた。

「……っ」

唐突に刺激が止まりさくらは身悶える。直後、俺は今まで以上に腰の動きを速めた。

さくらの秘所は妖しく淫らに蠢き、俺を引きちぎらんばかりに締めつける。

「あ……あ、……ぁっ……！」

さくらの声が、俺の聴覚に甘く響く。

「さくら、さくら、俺を呼んで」

俺を見て。俺で感じて。

「ん……しの、ぶ……っ」

快感に溺れながら、さくらは俺の名を呼んでくれる。それに煽られるみたいに、俺はさくらの中をより深く穿つ。奥を抉るように腰を遣うと、さくらは泣きながら俺を呼んだ。

「や、おねがい、忍……っあ、……っん……！」

「駄目だ、さくらっ、……おかしくなるっ」

「ん、……私、私も、おかし……から……っ」

さくらの喘ぎが、艶と甘さを増した。同時に、俺を強く締めつけてくる。

「……っあ……」

さくらが再びきつく俺にしがみついた。

「さく、ら。どう、した」

「しのぶ、きもち、いい？」

たどたどしく問いかけられて、俺は頷いた。

「ああ、死にそうなくらい、気持ちいい」

微笑んで、さくらの額に口づける。

他の誰かじゃ駄目だ。相手がさくらだから、こんなにも満たされているのだろう。

さくらは嬉しそうに笑う。同時に、俺にキスしながら腰を揺らしてきた。俺がさくらの感じるポイントを理解したように、さくらも俺が感じるタイミングを掴みつつある。

「っそ……」

やってることは淫らなのに、顔はめちゃくちゃに可愛い。その愛らしい顔を、もっと乱れさせてやりたい。だけど俺にも余裕がない。

揺れる腰を押さえつけ、俺の好きなように貪った。乱暴な腰遣いを、さくらは息を乱しつつ受け入れてくれる。

「っあぁ……っは、……あ、あぁん……っ」

強烈な、眩暈にも似た快感に、俺は更に奥深くに自身を捻じ込んだ。先端の硬い部分が、ざらついた内襞の奥、子宮の入り口に当たると、さくらが大きく跳ねた。

「あ……っぁあ、……っん……っ、は……あぁっ……！」

先端が触れ、擦れる度、痺れるような快感が脳髄を灼く。

「あ、しのぶ、わた……も……っああんっ！」

限界を訴えるさくらの声は甘く、熱い襞が俺を絡め取るように包む。

「あ、あぁっ、あああぁっ――……っ！」

「……く……っ……」

さくらが絶頂を迎え、とろけた胎内に俺は耐えることなく精を放った。

――このまま溶けて、ひとつになりたい。そう思った。

＊＊＊＊

——忍と、そういう関係になった。

しっかりと抱き込まれて目覚めた私は、何とかその腕から抜け出しお風呂に入った。

忍はシャワーでいいと言ったので、少し長めに入らせてもらう。

そして、湯上がりの私を迎えたのは、きちんと片づけられた二の部屋で寛ぐ忍だった。

「ねえ、お布団は？　私、その……見られる前に片づけたかったんだけど」

嫌な予感に、青くなる。

「さっき、澄子さん達が来て片づけていったよ」

「……はい？」

「粗大ごみのシールを貼った布団袋持って来て、片づけた」

「どうして止めないのよ！」

澄子さん……お気遣いはとてもありがたいのだけれど、せめて袋を置いていくまでにしてくださいっ……

「大丈夫。俺がちゃんと……でもないか、それなりに後片づけはしておいたし」

「それはそれで嫌なの！　そういう痕跡は見られたくないの！」

「……だったら風呂場でヤるしか方法なくない……？」

「うるさい！」

忍のツッコミは尤もなのだけれど、恥ずかしくて仕方ない。

「気にしなくていいよ。離れの布団は使い捨てだし」

「え……そうなの？」

「うん。まあ一度日干しはするけど、誰かが使ったらもう捨てる。やっぱりほら、洗濯だけじゃ埃とか汗が取りきれなかったりして嫌だし」

忍の表情は真面目だ。嘘をついているようには見えない。

「私達のお布団は？」

「専用だから、毎日日干ししたり洗ったりはしてるけど、定期的に買い換えてるよ。……というか、さくらもそれ知ってるから離れにしたんだと思ってた……」

どこか哀れむように忍に肩を叩かれ、私は今後は絶対、自分で後片づけできるところでしか……そういうことはしないと誓った。

朝食を済ませた私達は、一緒に庭の散策に出た。陽射しは暖かく、うっとりと景色に見惚れていたら、忍が私の手を握った。

「どうしたの？」

「さくらが可愛いなあと思って」

忍はいつも私を可愛い可愛いと繰り返すけれど、目がおかしいのではないかと思う。時々、忍の目には世界がどう映っているのか心配になる。

私は忍と手を繋(つな)いだまま、再び庭へと目を移した。

「来年は、一緒に桜を見たいね」

忍の言葉に、私はくすりと笑う。

「桜は散っても、藤があるし」

「そっか。さくら、花が好きだもんね」

「うん。綺麗なものは好き」

「俺のことも?」

忍が私の顔を覗(のぞ)き込んでくる。その綺麗な顔をじっと見つめた。

私は、綺麗だから忍が好きなわけじゃない。忍が忍だから好きなのだ。

「忍が忍なら、綺麗じゃなくても好きよ」

「さくら」

二十歳もとうに過ぎた男の人が、私の一言でそんなに嬉しそうに微笑むなんて。目を瞬(またた)かせる私に、忍がふっと肩をすくめた。

「さくらが俺を好きなのはわかってたけど……親戚に対する好きか、異性に対する好きか、確信が持てなかったからね。まあ、どっちにしろ逃がさなかったけど」

「自信家」

「自信っていうか、願望かな。……ちゃんと、俺のこと好きになってくれてありがとう」

微笑んだ忍は、見たことがないくらい綺麗で、幸せそうだった。


その夜。二日連続は許してほしいと懇願したら、忍は意外にあっさりと頷いてくれた。

ただ、同じ布団で眠ることは絶対に譲ってくれなかったけど。

「何もしないから、さくらの傍にいさせて」

忍の指示なのか、澄子さんの計らいなのか――お布団は一組だったので、受け入れるしかなかった。

「さくら」

忍は、ぴったりと私にくっついている。

ちなみに腕枕はお断りした。寝にくいし。

「あんまりくっつかないで」

「だって、さくら、いい匂いがする」

それは理由になってないと思う。とはいえ、忍もすごくいい匂いがした。

私は男性用の香水は苦手だけど、忍はいつも清潔な匂いがして、私を安心させてくれる。

「……会社に行ったら、バレるかもね」

そう言って、忍が私の首筋に触れた。そこには、昨夜の情事の痕がはっきりと残っている。

目立つところにキスマークを付けたことをまるで反省していない口調に、私は忍を睨んでしまった。だけど、嬉しそうな彼の顔を見ると、つい許してしまう。

でも、コンシーラーとファンデーションを駆使しても、完全に消すことはできない気がするので困る。

「消えるまで休んじゃう？」

「それは駄目」

葉子さんと玲奈さんは、きっと休んでいいと言ってくれるだろうけれど、仕事はちゃんとしたい。

「さくらは真面目だなあ。……うん、そうだね、それがいい。一緒にいたら、俺、もっと付けそうだし」

言うなり忍は、私の腕を取って突然口づけた。抵抗する間もない、一瞬のことだった。

「ん……っ」

微かな快感が走り、ぞくりと震える。

「……ここなら、付けても見えないよね？」

二の腕に付けられたキスマークは、確かに制服で隠れて見えない位置だ。

お返しに付け返してやろうかと思ったけど、喜ばせるだけな気がしたから、私は黙って背中を向けた。

「さくら」

項にキスするのはやめてほしい。

「……忍。何もしないっていうのは嘘？」

「だってさくらが誘ってるから」

何事も都合よく解釈する忍に呆れ、私は「寝る」とだけ答えて布団に潜り込んだ。

くすくす笑いながら、忍の腕が私を包み込むように腹部に回される。私は背中から伝わる忍の温もりに身を委ねて眠りについた。

6

初夏が近づいてきた。青い空に燦然と輝く太陽みたいに、このところの忍は常にご機嫌である。

少なくとも社史編纂が終わるまでは仕事を続けたいと言った私にも、頷いてくれた。

私が忍との婚約を受け入れて、一ヶ月弱。両家は二十年待った末の婚約に、仲人や結納の手配をとしきりに言ってくる。

結婚が嫌なわけではないけれど、私はまだもう少し恋人期間が欲しいと思ってしまう。

それでも、結納で着る予定の着物を身に付けると、どきどきした。祖母が京都のお店に保管してもらっていた反物で、馴染みの職人さんが仕立てた、総絞りと刺繍が綺麗な振袖だ。

「似合う、可愛い」しか言わなかった忍は、語彙が貧しいと思う。

挙式については、近いうちにプランナーさんに依頼することになっている。

その前に、恋人らしいデートをしたいとお願いした。

公開されたばかりの映画を観て、ランチをして買い物に行く予定だ。まあ、買うものは婚約発表やそのあとの挨拶などで着る、私のドレスやワンピースなのだけど。

絶対に俺が払うと言って譲らない忍に、結局は折れてしまった。

いい感じの恋愛映画を観たのだしと、私は意を決して忍と腕を組んでみた。忍はびっくりしたように私を見て、すぐに破顔する。

行き交う人の目はやっぱり気になるけど、それよりも忍の笑顔の方が大切だ。恋人になったんだし、これくらいいいよね。

……それにしても、忍はこんなに格好よかったかなあ。昔から綺麗だったけれど、これまでは甘えん坊な大型犬のイメージだったのに、今は大人の男の人に見えるから不思議だ。

自分から忍と腕を組んだものの、結局恥ずかしくなって俯いてしまう。

「さくら」

呼びかけてくる声が甘くて、私は気軽に「何？」と返せない。だから、仕種だけで先を促す。

二十四歳にもなって子供みたいな私に、忍は優しく問いかけてくる。

「さくら。いつ頃発表したい？」

婚約のことだ。曾祖父にはもうしばらく二人の時間が欲しいと言っていたけれど、やっぱり気持ちははやっているのだろう。嬉しそうな忍に、私も自然と顔が綻んだ。何だか忍が、私を可愛い可愛いと連呼していた気持ちがわかる。好きな人は、可愛く見えてしまう。

「私はいつでもいい。葉子さんと玲奈さんにはもう報告してあるし。でも鷹条の方で、色々段取りがあるんでしょ？」

「じゃあ、その辺を片づけて、年内に。それで、春に挙式しよう」

「どうして春なの？」

「さくらと出会ったのも結婚の約束をしたのも春だったから！」

「忍は変なところで乙女ね……」

苦笑したところで、目的地に着いた。フレンチをベースにした創作料理のお店は、落ち着いた雰囲気である。忍を見つけた店員さんが、自然な動きで近づいてきた。

「いらっしゃいませ、鷹条様。本日は個室と伺っておりますが」

「ああ。テラスルームだと陽射しが強いから、彼女には食事を楽しんでもらいたいんだ」

よそ行きの言葉遣いで言って、忍は私の手を取った。店員さんに上着を預かってもらったあと、個室に案内される。

椅子を引いてもらって席につき、忍が前菜からデザートまで、完璧に私好みにオーダーしてくれた。慣れない高級レストラン。だけど、この先も忍と一緒にいるなら、こういうお店にも慣れなきゃいけない。極端な話、一人でも全部オーダーできるように。

「……さくら？」

「先は長いな、と思って」

私が溜息をつくと、忍に苦笑された。綺麗に整えられた髪が、いつもと違った雰囲気で、ちょっとどきどきする。

「大丈夫だよ。ここはまだカジュアルな方だから」

「忍と私の、カジュアルの基準について話し合った方がいいと思う」

「俺はいつでも大歓迎。さくらが俺と話してくれるのは嬉しい」

そこで言葉を切って、忍は私を見つめた。

「ね、さっきから俺をあまり見ないのはどうして？」

「…………髪型」

「……ああ。似合ってない？」

「悔しいくらい似合ってる」

拗ねたようにそう言ってから、私は忍が舞い上がる前に補足した。

「でも私は、いつもの忍の方が好き」

少し乱れた髪の方が、艶っぽいというか……私好みなわけで。

そこまで口にしたわけではないのに、正確に理解されて舞い上がらせてしまった。

「じゃあ、少し崩そうかな？」

「駄目。私がご飯に集中できなくなるでしょ」

「……ホテルのインルームダイニングにすればよかった。さくらがこんなに可愛いこと言ってくれたのに……！」

危険な発言をされた時、タイミングよく、前菜が運ばれてきた。給仕の人が下がったあと、私はコンソメジュレで彩られたサラダを口にした。

「あ、おいしい」

「気に入った？ 覚えとく。次にさくらと来た時は、それに近い感じのを選んであげるね」

「え……他にどういうものがあるか、教えて欲しいんだけど。私も勉強したいし」

「さくらがおいしそうに食べるのが可愛いから、教えない」

そう言って笑った忍は、綺麗な手つきで前菜を平らげながら、このあとの予定を確認してくる。

「オーダーでドレスとワンピース。採寸さえしておけば、あとはいろんなデザインで応用できるから」

「何着作る気よ」

「そうだなあ、最低十着は欲しいかな」

いくらかかるの。頭が痛くなる。華陽学院にもお金の使い方が豪快なお嬢様はたくさんいたけれど、忍は間違いなくランクが違う。

「京都は着道楽が多いんだよ、さくら」

「言いたいことがわからない」

「鷹条の本家は京都なんだから、さくらも着道楽しようってこと。いいものは子孫に残せるし」

浮かれている忍に不安になって、私は念を押した。

「……忍」

「何？」

「店員さんに言われるまま、何着も買うのは駄目だからね」

「えー」

やっぱり。念を押しておいてよかった。

「忍、時には我慢も必要なの。……私も、欲しいものはちゃんと言うから」

押した分、引く。これは玲奈さんからもらったアドバイスである。

「わかった。俺がさくらに買ってあげたいものを我慢して、さくらの欲しいものを買う。代わりにさくらは、俺に何をくれる？」

「………」

玲奈さん。ヘルプです。ひとつずつの要求だったはずなのに、通じません。

「……忍。困らせないで」

「だって困ってるさくらは可愛い」

「私は忍と一緒にいられて嬉しいのに、忍は私を困らせるのが楽しいの？」

「……ごめん」

忍は、私を怒らせることはしない。うっかりやらかしては、ごめんなさいと謝る。そんな忍に、私が絆（ほだ）されるまでがワンセットである。

「もうちょっと大人になってほしいかなあ」

私は何気なく言って、帆立のソテーを口に入れた。おいしい。

「……俺が本気になったら、怖がるくせに」

艶（つや）を増した忍の声音に、ドキッとする。

「俺の本気を引き出しておきながら、いざとなったら嫌だ怖いって泣くじゃないか」

忍が時折垣間見せる、独占欲というには執着心が強すぎる病（や）んだ感情。それが、ひどく蠱惑的（こわくてき）で、私を怯（おび）えさせる。

「……だって」

「だって、何？」

「……本気の忍は、遠慮がなくて怖いのよ。けど、すごくどきどきするから、困るんだもの……」

そうなのだ。怖いけど、惹かれる。そんな私は、悪趣味なのかもしれない。

言われた忍は、目の前で頭を抱えている。食事中にテーブルに突っ伏すなんて、彼にしてはお行儀が悪い。

「悪質！　さくらの方が、俺を困らせて楽しんでる！」

その時、忍と私のスマホが同時に鳴った。

「ごめん、出ていい？」

「うん。俺も出る」

私にかけてきたのは祖母、忍にかけていたのは圭一郎おじさまらしい。

「え、ひいおじいさまが!?」

どちらの電話も、曾祖父が倒れたという報せだった。

優雅に食事をしている場合ではなくなり、私達は鷹条家系列の華陽学院大学附属病院に急いで向かった。


「おじいさま、桃子おばさん、ひいおじいさまは!?」

忍はベッドで眠る曾祖父の姿を見て一瞬言葉を失ったあと、二人に詰め寄った。

私も状況について知りたいと、目で訴える。

「くも膜下出血か脳溢血か……まだ、意識が戻らなくてね。さっき診察が終わったところだ」

「お父様のお体は頑健ですからね。手術に耐える体力は十分にあると医師達も言っています」

鷹条家一族が経営する華陽学院大学附属病院の特別フロア。その中の貴賓特別室は、病室というより一流ホテルの一室といった豪華さだった。室内の中央にある大きなベッドで、曾祖父は酸素マスクをつけた状態で静かに眠っている。

「ひいおじいさま……」

不安で俯いた私を、同じく不安そうに忍が抱き寄せる。小さな子供の頃に戻ったような私達に、おじさまと祖母も溜息をついた。

「意識さえ戻れば、手術ができる。ここには腕のいい医師が揃っているし、問題ない」

鷹条家当主の父である曾祖父の治療ともなれば、最優先で行われるそうだ。

「……そこで、忍。姉さんとも話したんだがね」

「はい？」

「桜子ちゃんとの婚約……いや、この際だから、結婚の話を具体的に進めても構わないか？　父さんは泣いて喜ぶだろう」

「のんびりしていたら桜子も二十五になるでしょう。嫁き遅れです」

十八歳で嫁いだ自分を基準にしないでください。時代が違います。

「俺は構いませんが。……まさか、急がないといけないほど、深刻な状態なんですか!?」

忍の表情が強張っている。

「いや、それほど悪くはない。意識もそのうち戻るだろうと、院長もおっしゃっている。

ただ、意識が戻った時に、おまえ達がすぐに結婚できる状態になっていた方が、喜ぶだろうと思ってね」

「桜子も、問題ありませんね？」

祖母の言葉に私は即答できなかった。

鷹条に嫁ぐのは早くても来春だと思っていたから、心の準備なんてできていない。けれど、私は忍と一生一緒にいると決めたのだ。

自信なんてないし、不安もある。でも——私が、そう決めた。

「……はい」

私の言葉に、祖母は頷いた。

忍は心配そうに曾祖父の手を握って話しかけた。

「ひいおじいさま。さくらの花嫁姿をご覧になるのでしょう？」

そう声をかけて、眠る曾祖父を見つめている。

「早く起きてくださらないと、待ちきれずに式を挙げてしまいますよ」

私も、曾祖父のもう一方の手を取った。

「忍を抑えるのにも限界があります。だから……早く、お目覚めになってくださいね」

その後、院長先生がいらしたので、圭一郎おじさまと祖母は「今後の話を聞くから」と、渋る私達を家に帰した。

忍の運転する車の中、私達に会話らしい会話はなかった。

曾祖父が倒れたことは、私もだが、忍にとっては想像以上にショックだったのだろう。生まれた時からずっと曾祖父に溺愛されてきた忍だ。きっと今、家族の中で一番曾祖父を愛し、愛されているのは忍だと思う。その曾祖父が倒れて、平静でいられるはずがない。

私を乗せている時はとても丁寧な運転をするのに、内心の激情を表してか、今は少し荒っぽい。

でも、その感情を制御しているのは、「鷹条の御曹司」としての教育の賜物だと思うと、悲しくなる。

「……忍」

名前を呼んだが返事がないので、もう一度、今度は大きめの声で呼びかける。

「忍！」

「え……あ、何？　さくら」

ぼんやりと、私の家へ向かって運転していた忍に、私は咄嗟にお願いした。

「武蔵野に行って」

今、私が忍にしてあげられることなんて、ほとんどない。だけどわかることもある。

「え。でも」

武蔵野の屋敷は、曾祖父が倒れたことで大騒ぎだろう。私達が行ったら、迷惑かもしれない。

でも、今はあそこに行く必要がある。ぎりぎりで平静を保っている忍を、支える為に。

「いいから、お願い」

忍は、それ以上は何も言わずに車の進路を変えてくれた。

武蔵野の屋敷の敷地に入り、忍は専用の駐車スペースに車を停める。それを見た使用人の誰かから報告が入ったのか、玄関に執事の高野さんが迎えに出てきてくれた。

その間も、何人もの人が高野さんの指示を仰ごうと傍に待機している。

だけど高野さんは執事の鑑(かがみ)だから、「次期様」を最優先して、他の人を待たせていた。

「こんな時に悪いな、高野」

「ごめんなさい、高野さん」

「お戻りに気づくのが遅れまして……」

「おまえこそ倒れそうだぞ。ちゃんと休んでるのか？」

忍は、高野さんの指示を仰ぎに来ていた人達に向けて言った。

「高野まで倒れたらどうする。自分の判断でやれることはやっていい。あとで問題になったら、俺が許可したと言うように」

その言葉で過半数の人が散っていき、残ったのは本当に高野さんの判断が必要な人達だった。

「お気遣い、感謝いたします」

高野さんが、深々と頭を下げる。

「気にするな。おまえまで倒れたら洒落にならない。――屋敷外の者は何か言ってきたか？」

「今のところ特には。グループの方は圭一郎様と幸臣様が抑えてくださっておりますので、大きな混乱にはなっておりません。分家会にも情報はまだ漏れていないようです」

曾祖父は鷹条家当主ではないが、未だ各方面に影響力のある人なので、倒れたことを漏らすわけにはいかない。

高野さんの指示を仰ぎに来ていたのは、警備関係の人達だった。

「新しく入れた会社もあるので、勝手がわからなかったのでございましょう」

「警備を、か……？」

一瞬難しい顔をした忍は、すぐに高野さんに笑って告げた。

「ひいおじいさまのご容態は安定しているそうだから、皆に落ち着くように言ってくれ。高野も無理はするな」

「……は」

「高野さん。私達は大丈夫ですから、お部屋だけ使わせてくださいね」

「桜子様。ですが、それでは……」

「それに、ひいおじいさまの代わりに、ひいおばあさまの薔薇園の手入れをしていただかないと。もし忘れたりしたら、戻った時にひいおじいさまが、拗ねてしまいますよ」

曾祖母の薔薇園の差配はすべて曾祖父が行っていた。曾祖父が不在だからといって放置はできない。高野さんにお願いするしかないのだ。

「……確かに、そうでございますね。庭のことは失念しておりました」

少し笑って、高野さんは私達を応接室に案内し、仕事に戻っていった。私は、まだどこかぼんやりしている忍の腕を取って、奥の部屋に向かう。

「忍」

「……さくら？」

「先に私の部屋に行ってて。私もすぐ行くから」

私は忍を二階の私専用の部屋に追いやって、厨房に行った。

「すみません、嶋崎さん、ちょっとお願いがあるんです」

「桜子様！」

曾祖父お気に入りの料理長の嶋崎さんが驚いた声を上げる。夕食はいらないから、代わりに何か温まる飲み物が欲しいと伝えた。

「その、忍の好みがわからなくて」

情けない。婚約者なのに。

「次期様がよくお飲みになるのは、赤ワインに肉桂を少し加えたものですね」

嶋崎さんは、慣れた手つきでホットワインを作ってくれた。普段より少しワインの量を増やしたというグラスと、私用にとホットミルクが入ったマグカップをトレイに載せてくれる。

私は嶋崎さんにお礼を言って、それを零さないように部屋へ戻った。

忍は、ベッドに座ったまま、虚ろな表情で空を見つめている。その迷子みたいな寂しげな姿に、私の心が痛んだ。

「しーのーぶ」

わざと明るい声を出して、サイドテーブルにトレイを置いた。

「今日は疲れたでしょ。ほら、ホットワインもらってきたから」

「……さくら」

「大丈夫よ。ひいおじいさまは大丈夫。だって、忍と私の子供に、名前を付けてくださるって言ってたじゃない。だから大丈夫」

忍の腕が私の肩を抱く。縋るように抱き寄せられた。

「……うん。大丈夫だってわかってる。ひいおじいさまは強い。……ひいおばあさまのところに行ったりしない……」

忍は、まるで自分に言い聞かせるみたいに呟く。私はそんな忍を強く抱き締め返した。

もっと気の利いた言葉でも言えたらいいのに。忍の気持ちを和らげることができればいいのに。今の私には、ただこうして、忍を抱き締めることしかできない。

唇を噛んだ私を見て、忍は不思議そうに目を瞬かせた。

「……さくら、どうしたの？」

「……何もしてあげられないのが、こんなにつらいなんて知らなかった」

私の言葉に、忍は小さく笑った。

「俺、情けないな……」

「そんなことない。忍にとって、それだけ、ひいおじいさまが大切だってことでしょう？」

頷いた忍に、私はワインのグラスを渡した。ゆっくりとそれを飲み干した忍は、再び私の肩を抱くと、今度はそっと抱き寄せてくる。

「大丈夫よ、ひいおじいさまは。大丈夫、今日はずっと一緒にいるから」

それは、小さな頃からの私達の合言葉。

怖い話を聞いて眠れなくなった私に、「いっしょにねればだいじょうぶだよ」と言った忍と、その言葉に安心してすーすー眠った私の、約束の言葉。

「ずっと、傍にいる」

「……ありがとう、さくら」

そう言って、忍は私に軽いキスをした。お酒の味のするキス。

だけどそれ以上を求めることはなかった。忍はずっと私を抱き締めていた。

私は忍の腕に抱かれたまま、ひいおじいさまのこと、これからの私達のこと、鷹条家のこと——いろんなことを考えながら、暗い闇を見つめていた。


翌日。いつの間にか眠ってしまったらしい私が目覚めると、忍は既に起きていた。先にダイニングに行っているとメモが残されていたので、急いで身支度を整えてダイニングルームに向かう。

途中で、和服姿の祖母としっかりとスーツを着ている圭一郎おじさまと遭遇した。

……何だろう、やけに難しい顔をしている。祖母は元々、厳しい顔立ちだけど。

「おばあちゃん……？」

「桜子。少し妙なことになりそうです」

……もしかして、ひいおじいさまに何かあった⁉　顔色を変えた私に、圭一郎おじさまが微笑んだ。

「桜子ちゃん、父さんは大丈夫だよ。姉さん、先に朝食を済ませよう」

圭一郎おじさまが私を促し、ダイニングルームの扉を開ける。そこには、今日の朝刊や経済新聞その他を読み漁っている忍がいた。彼もきちんとスーツに着替えている。

「さくら、おはよう。桃子おばさん、おじいさまも」

「おはよう。……どうだ？」

「ひいおじいさまのことは記事になってない。今のところ面と向かって、鷹条に喧嘩を売るメディアはないみたいだ。けど――ネットに流れたらどうしようもない」

忍の言葉を聞きながら、圭一郎おじさまと祖母は並んで座った。私は忍の隣に座る。

何かがあったのだとわかった。でも、曾祖父のことではないらしい。

だけど……ここに、忍と私がいる武蔵野に、圭一郎おじさまだけでなく祖母まで来たということは、私にも関係する何かがあったということではないのか。

不安になった私を安心させるように、忍がそっと手を繋いでくれた。

その時、テーブルに四人分の朝食が並べられた。圭一郎おじさまと忍と私は洋食。祖母は和食だった。まずは食べなさいと圭一郎おじさまがおっしゃって、微妙な沈黙の中、朝食をいただいた。

そうして食後、コーヒーや紅茶を淹れ直してもらっていた時、忍が口を開く。

「おじいさま。華陽学院大学附属病院の関係者すべてに、もう一度箝口令を敷いてください」

「そうだな、手配させよう」

「それから野宮のことは、俺は知らない」

私は、忍の言葉の意味がわからなくて、ぽかんとする。

……野宮って、何？

「そうは言ってもな……父さんの言葉だと言われては、無下にもできん」

「ありえない。ひいおじいさまは、さくらと俺の婚約を喜んでくださっていた」

「……忍くん」

祖母が、言葉を選んでいる。すぱっと竹を割ったような気質の祖母にしては珍しい。

そして、祖母は吐息と共に私を見つめた。

「朝食も終わりましたし……桜子。大切なお話になります。心してお聞きなさい」

「……はい」

「あなたは初めて耳にすることが多いでしょうから、わからないことは聞きなさい。これからのお話は、あなたに説明する為のものです」

「……忍もだ。きちんと聞きなさい」

祖母と圭一郎おじさまの威厳はさすがで、私はもちろん、忍も黙って頷いた。

「桜子は、野宮家について、聞いたことはありますか」

「現在、分家会でトップに位置する家でね」

そう補足してくれたのは圭一郎おじさまだけれど……分家会って何だろう。

「分家会？」

私の疑問には、忍が答えてくれた。

「鷹条の分家筋が集まって作った団体のこと。結構な数の家と企業が属してる」

鷹条家は何様ですか。鷹条様ですね、失礼しました。

「そもそも、どうしてひいおじいさまの不調がこんなに早く分家会に伝わってるんですか？　倒れられたのは昨日の昼、分家会からの打診はその日の夜だ。さすがに早すぎる」

忍の言葉に、圭一郎おじさまが難しい顔で口を開いた。

「……考えたくはないが、ここの情報が漏れているのかもしれないな」

そこにノックの音がして、高野さんが入ってきた。両手に、綺麗な表紙の、アルバムのようなものを持っている。……あれって、お見合い写真？

「先ほど、野宮家から送られてきました」

「ああ、ありがとう」

圭一郎おじさまは苦笑いしながら、それを受け取った。

「――これを見た上で判断してくれ、とのことだろう。野宮は余程、この話に自信があるらしいな」

「野宮紫(ゆかり)——分家の娘が、次期当主夫人に納まるつもりですか」

そこでやっと、鈍い私も察しがついた。曾祖父が、忍に新たな相手を見繕(みつくろ)っていたということだろうか。

「さくら、これはひいおじいさまの意思じゃない。俺が結婚するのはさくらだ」

「で、も」

「それに、俺の結婚はひいおじいさまの為のものじゃない。俺はさくら以外とは結婚しない」

さくらしか愛せないと、忍は断言した。

だけど、私と忍の婚約は、曾祖父の希望でもある。曾祖父の一言から始まった恋。曾祖父の意を汲(く)んだ周囲のお膳立て——そんな風に曾祖父の意思が関係しているのは確かだ。

だから、曾祖父が「やめた」と言ったら……？

「……これ、は」

「…………」

写真を見たおじさまと祖母が絶句した。嫌な予感がして、知らず私の背中に汗が流れる。

「……お母様……」

呆然といった様子で呟いた祖母の言葉で、私はすべてを理解した。ただ綺麗なだけの人ではないのだと。

写真の女性は、亡くなった曾祖母によく似ているということだ。つまり、その女性と忍との子供なら、きっと――

最悪な考えに囚（とら）われそうになった私を引き戻したのは、忍の呆れた声だった。

「どこの世界に、自分と同じ顔の女を愛せる男がいるんです？　俺はナルシストじゃない」

「まあ、光源氏（ひかるげんじ）という例もあるからな……」

自分とそっくりな母親に生き写しの女性を、永遠の恋人として追いかけ続けた光源氏。

圭一郎おじさまが小さく呟いた途端、祖母が薄く微笑んだ。

「……圭ちゃん？」

「孫嫁が孫と同じ顔でもいいと!?」

祖母の冷たい声に後押しされた忍が、更に圭一郎おじさまに言い募（つの）った。

「それは嫌だな、うん」

やや緊張感に欠ける言葉の応酬に、私は何とか自分を取り戻した。私と忍の婚約は、まだ公表されていない。すべてこれから進めようとしていたのだ。今ならまだ、なかったことにできてしまう。

私は何も言えずに沈黙した。……紅茶が苦い。武蔵野の屋敷は、何もかもおいしいし、さっきの朝食も完璧だった。ということは、今の私の味覚がおかしいのだろう。

「とにかく、この写真が本物かどうかも含め、野宮家と分家会を調査する。それでいいな、忍」

「お好きにどうぞ。俺は絶対にさくら以外とは結婚しません」

忍は、私以外のすべてが敵だとでも言うように、圭一郎おじさまを睨みつける。

でも私は、絶対に揺らがないと信じていた足元が崩れていく気がしていた。

忍は変わらない。私の気持ちも変わらない。だけど、私達の関係を支えてくれていた基盤が崩れていく。そんな不安に囚われていた。

私を武蔵野の屋敷には置いておけないと、忍は自分のマンションに連れてきてくれた。

初めて入る忍のマンションは、家具は揃えられているけれど、生活感が一切ない。それも当然で、忍は複数のホテルにスイートルームを確保していて、基本そこで生活しているのだ。

「正式に婚約してから渡そうと思ってたけど……これ、ここのスペアキー。さっき、静脈と指紋認証も設定したから」

今後は俺がいなくても、好きに使ってと言われた。途中のカフェでテイクアウトしたコーヒーとサンドイッチで簡単な夕食を取りながら、私達に会話は少なかった。

私はソファーに座り、手元のスマホで「野宮紫」と検索してみた。すぐにヒットして、武蔵野で見せてもらったお見合い写真とは別の、和装美女が目に入った。

忍によく似た、美しい女性だった。添えられた経歴も華やかで、二歳年上だけれど、忍にふさわしいのは彼女だと、誰もが口を揃えて言うに違いない。

「さくら。何見てるの」

隣に座った忍が何かを察した様子で問いかけてくる。

「……野宮、紫さん」

私が答えると、忍は秀麗な顔をしかめた。

「何度も言うけど、俺は自分の顔に興味はない。それに、たとえ、さくらにそっくりな女だとしても、さくらじゃないなら、俺はいらない」

苛立ちを抑えきれない表情で言われて、私は俯いた。でも、私だって言いたい。どうして、私の不安がわからないの。

「……でも、ひいおじいさまが賛成してくださって、決まった婚約だもの。もし、ひいおじいさまが本気で反対したら、忍はそれに逆らえるの？」

「逆らえる。逆らう。俺には、さくらより大切なものなんてない」

何度も言われたその言葉が、今は私の気持ちをざわつかせる。だったら、どうして……忍は、私の不安な気持ちがわからないの。今にも八つ当たりしそうな気持ちを我慢して、私は忍に反論した。

「逆らったって……無理なこともあるじゃない」

英国留学が決まった時、忍は行きたくないと言いながら、圭一郎おじさまの命令に逆らえなかった。

「……俺はもう、あの時みたいな子供じゃない」

「そう。子供じゃない。その分、たくさん……責任が増えた」

子供の我儘(わがまま)では許されないことが、たくさんある。忍が無条件で私といることが許されていたのは、子供の時だけだ。

「私だって、忍と一緒にいたい。だけど不安なの。怖いの。だって今の私は、忍にふさわしくない」

「ふさわしくなきゃ、何もかもが釣り合ってなきゃ、さくらは俺と一緒にいられないのか!?」

声を荒らげた忍に、つい私の声も大きくなる。

「そんなこと言ってない！」

だけど、と私は言葉を詰まらせた。忍は、私を選んでくれるだろう。私以外をいらないと言ってしまう忍だから。でも、それを嬉しく思うと同時に、不安になるのだ。

「……つらいの。忍の奥さん候補に、私よりずっと綺麗で、経歴も立派な、誰が見ても忍にふさわしい女性が現れて……何も不安に思わないわけがないじゃない！」

「さくら」

「……私の出来が悪いのは、私のせいだけど……」

知らなかった。本当に「上」の人と比べられる恐ろしさ、つらさを。

「ごめんなさい。忍が悪いわけじゃないの。でも――」

しばらく一人で考えさせて……そう願った私の声は、消え入りそうなほど小さかった。

＊＊＊＊

さくらが帰った後、俺はソファーに座ってぼんやりと天井を眺めていた。

さっきまでと比べ、室温が一気に下がった気がした。

……気のせいじゃないな。さくらがいなければ、俺は光を失ったも同然だ。

その光が、さくらが泣いていた。俺が、泣かせた。その事実に衝撃を受ける。

俺は、大抵のことには寛容な方だと思う。というより興味がない。

そんな俺が、唯一、自分でもどうしようもないくらい狭量になるのは――さくらについてだ。

さくらが泣かされたり、傷つけられたりすることは許さない。そんなものは消えてしまえばいいし、消してやると決めている。先日、秘書課と営業部から一人ずつ、地方支社に左遷したのはさくらには言えないが。

それなのに、俺自身がさくらを泣かせてしまった。

――しばらく一人で考えさせて。

さくらのあの口調からして、俺は当分さくらに会えないということだ。当然、庶務課にも行けない。

この際、玲奈ちゃんや葉子さんに頼んで隠しカメラを設置してもらおうか。

そこまで考えてふと何かが引っかかった。……隠しカメラ。まさかとは思うが、それが武蔵野の屋敷に設置されていたら？　高野が、警備会社を新しく入れたとか言っていた。そして、曾祖父が倒れたタイミングで、声を上げた野宮。

俺は、仕事用のスマホを取り出し、滝上をコールした。優秀な秘書は、ワンコールで出る。

「野宮について調べろ」

『野宮紫様個人ではなく、野宮家ですか？』

何の説明もなく命じた俺に、即座に答えが返ってくるのはさすがだ。

「いや、野宮グループ全体だ」

『でしたら、現時点でもある程度は調べがついております。野宮家は、鷹条家の分家としての格は上の上。先々代は、桃子様を妻にしたかったようですね。その際は、本家からも他の分家からも身の程知らずと猛反発されたようです』

なのに、その桃子おばさんが没落した七瀬家に嫁いだから気に入らないと。馬鹿か。

「徹底的に洗って、細部まで調べ上げろ。いくらかかっても構わない。潰す気でやれ」

『そのようなことをなさっては、桜子様に嫌われますよ』

「俺はな、滝上。大概のことには寛容だ。他人から俺がどう思われようと、鷹条がどうなろうと、知ったことじゃない。でも、たったひとつだけ例外がある」

『……承知いたしました』

最後まで聞かず、滝上は感情を消した声で告げた。

一時間もせずにマンションへ報告に来た滝上は、アタッシェケースを抱えていた。

「短時間でできることには限りがございます。いくら私が優秀でも」

そう言って、滝上はケースから出した書類の束をテーブルに置いた。

野宮紫の幼稚園からの卒業アルバム、野宮家の資産状況、野宮グループ全体の純利益や売上、内部留保まで調べている。

「ふうん……加工じゃなかったか」

俺は、野宮紫の幼稚園からの写真を何の感慨もなく見ていく。

「だからこそ、正面から正攻法でぶつかってきたのではないかと」

野宮紫は、間違いなく俺と似ていた。つまり、俺とさくらが婚約した切っ掛けについても漏れている可能性があるということだ。

「事業自体は、それなりに手広くしているようです。ただ野宮は、櫂都様――桜子様の父上がお勤めの会社の株を多数保有しており、赤字が出ても絶対に手離しません」

「俺への牽制か」

「次期様が桜子様にご執心でいらっしゃることは、分家会でも広く知られていますから」

「なるほど。野宮は、随分前から色々と下準備をしていたということだな」

俺はしばらく考えたあと、大学時代の友人に電話をかけた。さくらの不安を取り除き、俺の傍に取り戻す為には、まずうるさい分家会を黙らせる必要がある。

脳細胞をフル回転させて、今後の動き方を決めていく。

十コールほどで、相手が電話に出た。

『――シノブ？』

「やあ、ジェイ。久しぶりに遊ばないか」

『二年ぶりの電話でいきなりそれ？　シノブは相変わらずだな』

屈託なく笑う声は記憶のとおりだ。

「ああ、盛大に喧嘩を売られたから、買ってやろうと思ってね。駄目か？」

『いや、遊ぶ。シノブに喧嘩を売る奴がいるのか、日本って面白いな』

ちなみにこれは、日本語での会話だ。ジェイは生粋（きっすい）のアメリカ人だが、筋金入りの日本ヲタクなのだ。

『で、何をする？』

楽しそうな友人の声音に、俺の口元にも自然と笑みが浮かぶ。

「ジェイの得意技を頼みたい」

『ハッキング？　クラッキング？』

「どっちかな。鷹条グループが開発したセキュリティを、破ってほしい。その上で、新たに構築し直してほしいんだ」

鷹条グループは、サイバー攻撃やウィルス対策に対抗する為、日々最新のセキュリティシステムを研究開発している。だが――残念ながら「秀才の研究」レベルである。ジェイのような本物の天才相手にどこまで守りきれるのか見てみたい。

『タカジョウのセキュリティ突破か』

「……追加でもうひとつ」

『ハッキングやクラッキング以外にか？』

「そう。報酬は――」

『サクラに会いたいな』

すかさず、お願いされる。

「却下だ」

『じゃあこの話もなかったことになるね』

大学時代、つるんでいた連中は、俺が大事にしている「さくら」の存在を知っている。何度も会いたい、写真を見せろ、電話をして声くらい聞かせろと喚(わめ)かれたが、そのすべてを無視してきた。

『どうする、シノブ？　サクラに会わせてくれるなら、……ダヴィにも協力させる』

ジェイの提案に俺はしばらく考えた。ダヴィは、俺とはそれほど親しくなかったが、ジェイの親友で――腕はジェイ以上だ。

「……わかった。機会があれば会わせてやる。けど、さくらには一言も話しかけるなよ」

『シノブ。日本語を会話レベルで覚えたのは、サクラと話す為だぞ』

「……とにかく。ジェイ、これは正式な依頼だ。報酬はきちんと用意す――」

『金も時間も余ってる。ハッキングは趣味でやってるだけだからね。だから、契約ってことなら、この話は受けない』

相変わらず、気難しい友人だ。明るく社交的なのだが、天才らしく一度興味を持ったことにはしつこい。だからこそ、さくらに会わせたくないのだが。

『但し』

──シノブのお願いなら聞いてやるよ。友達だからね。

そう言った悪友に苦笑を漏らし、俺は改めてお願いした。

その後、ジェイと二、三打ち合わせをして電話を切った。

まずはこちらの守りを徹底的に固める。セキュリティの穴をジェイ達に埋めてもらいつつ、鷹条グループを完全要塞とした上で、分家会、正しくは野宮グループに攻撃をかける。反撃はさせない。その為に必要なものを、すべて揃える。

ジェイとの電話のあと、俺は祖父に電話した。曾祖父の意識が戻ったらすぐに病院に行けるよう、俺の今後のスケジュールを調整してもらった。祖父も父もいつでも動けるようにしているらしい。

『忍』

「何ですか、おじいさま」

『分家会から問い合わせが来ている。「煉様が太鼓判を押した娘がいる、早く婚約してご本復を祈ってこそ次期様」だそうだ』

「騙し討ちで婚約話をでっち上げ、このままひいおじいさまが亡くなればいいと願っているような連中の言うことを、聞いてやる義理などありません」

『忍』

分家会というのは厄介だ。いくつもの家と企業がある。そしてそのすべてが「うちはあの鷹条家の分家だ」と言って、勝手に鷹条の名を利用する。それらをいちいち監視するのは、骨が折れる。

『……父さんが言ってないとも限らない』

「言うはずがないでしょう。ひいおじいさまは俺とさくらを結婚させて――」

『桜子ちゃんが嫌がっているなら、無理強いはよくないかもしれないと、数年前に零していた』

絶対の味方だと思っていた曾祖父の思わぬ言葉を知り、一瞬絶句する。

『もしかしたら、その時の話かもしれない。念の為、私の方できちんと調べる』

「わかりました。俺は俺で、好きにやります」

『忍？』

「さくらを傷つけた相手に、相応の報いを受けてもらうのは当然でしょう」

『………………程々になさい』

分家会は、とにかく「煉様がお認めになったのだから、野宮紫を忍様にお引き合わせください」の一点張りだという。俺とさくらの婚約が既に内定していると言っても、「しかし煉様が」と曾祖父を持ち出す始末。この事態を収めるには曾祖父が意識を取り戻すしかないが、容態は安定しているものの、未だ意識は戻っていない。

『桜子ちゃんとの婚約は決定事項だ。それは鷹条の現当主である私が約束しよう。だが、この状態は好ましくない。だから忍、一度野宮の娘に会ってきなさい。そこで、はっきりと断ればいい』

祖父の言葉を、俺は黙って聞いていた。確かに、こんな連絡を頻繁(ひんぱん)にしてこられたら、祖父の仕事に差し障る。一度会うことで義理を果たし、分家会を黙らせようという祖父の考えは理解できた。

——さくらなら、どう言うだろうか。聞かずとも、答えはわかっていた。

『それとも、桜子ちゃんから頼んでもらった方がいいか？』

「わかりました。そのように調整します。……クソジジイが」

思わず漏(も)れた悪態に、目の前で滝上が頭を抱えている。

『そのクソジジイの孫なんだよ、おまえは』

ほっほっと楽しげに笑った祖父に向かって、舌打ちしそうになった。

電話を切った直後、小さな着信音と共にメッセージが届く。何気なくそれを見て、息を呑む。

『おやすみなさい。我儘言ってごめんなさい』

さくらからの短いメッセージ。それだけで、俺はどうしようもなく幸せになれるのだった。

＊＊＊＊

何だか久しぶりに会社に来た気がする。曾祖父が倒れた為、数日休みをもらっていたこともあるけど、休み前と今とで、私の気持ちが変化していた。

ついこの間まで、私はただ幸せだった。忍と両想いになって婚約も決まり、悩みなんてなかった。もちろん、鷹条家に入ることに不安がないわけじゃなかったけれど、時間が解決するだろうと悠長に構えていたのだ。それが、今はどうだろう。

曾祖父は容態は安定していても意識が戻らず、その間に、曾祖父が選んだという別の相手が現れた。忍は断ると言っていたけれど、新しいお見合い相手の野宮紫さんは、誰が見たって私より忍にふさわしい女性だった。

それを知った時は、さすがにショックと不安で逃げ帰ってしまったが、一人で考える時間を持ったことでわかったことがある。私は、やっと伝えられたこの気持ちを簡単に捨てられない。

気づかないふりをしていただけで、二十年間、ずっと忍が好きだったのだ。忍も私を好きでいてくれるなら尚更、自信がないからと諦めることはできない。

葉子さん達は、忍が来ないことや、私の様子がおかしいことに気づいていても、何も聞いてはこなかった。その優しさが、今はありがたい。

最近の日課になった伝票入力を黙々とこなしていたら、滝上さんからのヘルプメールが入った。

すぐに忍の専務室に来てほしいとのことだった。まさか、曾祖父に何かあったのかと、慌てて直通電話をかける。

「滝上さん！」

『桜子様、お急ぎください』

「ひいおじいさまに何かあったんですか……!?」

『いえ、次期様が……。ちなみに、現在秘書課は小学生の社会科見学の案内に行かせています。受付には私しかいませんので、安心してお越しください』

いきなりそう言われても……と、私は受話器を持ったまま眉を下げる。

でも、滝上さんのお願いは無視できない。何より、しばらく会わないと言った私自身が、もう忍に会いたくなっていた。私は、滝上さんにわかりましたと伝えたあと、入力したデータを一旦保存する。

そして、席を立つと砂川課長のもとへ行った。

「課長、役員秘書の滝上さんの指示で、専務室に行ってきます。そのまま昼休憩に入ってもよろしいでしょうか？」

私が思い切ってそう言うと、砂川課長は一も二もなく頷いてくれる。庶務課を出る際、葉子さんと玲奈さんが「頑張れ」と声に出さないでエールを送ってくれた。

私を専務室に通すと、滝上さんは応接用の一人掛けソファーをすすめてくれた。

「手が離せませんので、飲み物などは一階のラウンジにご注文を」

「自分で淹れます。ここ、色々揃ってるもの」

私が笑うと、滝上さんは露骨にほっとしたようだった。

「お仕事中に申し訳ございません……桜子様をお呼びしたのは私の独断です」

忍は知らない。それはつまり。

「もしかして……忍を宥めろってことですか？」

「……申し訳ありません……」

そう言って、滝上さんは深々と頭を下げる。

「気にしないでください。……私も忍に会いたかったから」

「……桜子様」

「内緒にしてくださいね。でも、ほんとなの」

私がもう一度笑うと、滝上さんも笑ってくれた。

「――よろしくお願いいたします」

「はい」

滝上さんが無人の受付に行く為に退室し、私は――忍が出勤するまでの間に、コーヒーと紅茶を何杯飲めるか挑戦することにする。

それからちょうど、三杯目の紅茶に取りかかった時、専務室に忍が出社して来た。

「さくら!?」

今日も高いスーツを品よく着こなした忍は、私を見て目を瞠っている。それはそうだろう、しばらく会わないと私が言ったばかりなんだから。

「この間はごめんなさい。……その、昼休みの間、一緒にいてもいい？」

「うん。俺も、さくらに、大事な話があるんだ」

忍は、私の向かいに座って口を開いた。私は立ち上がって、忍の為にコーヒーを淹れる。その間、忍は黙って私を見ていた。

「はい」

私は忍の前にコーヒーを置いて、ソファーに座った。向かい合わせで座る私達は、同時にカップに手を伸ばす。ホッとした表情でコーヒーを飲んでいた忍は、カップを置き私を真っ直ぐ見つめてきた。

「さくら、おじいさまの指示で……野宮紫と会うことになった」

私の持つカップとソーサーが、カチャリと音を立てた。

「分家会と野宮の思惑が掴めないうちは、無下にもできない。ひいおじいさまの言葉というのを、俺は信じてないけど……本家の者として形だけは義理を果たす必要があるんだ」

微かに震える私に、忍は静かに言葉を続ける。

「ただ会うだけだ。一度会って、分家会を大人しくさせる。このまま騒がれ続けると、ひいおじいさまの容態が外に漏れる可能性が出てくる」

「……うん」

ゆっくりと言い聞かせる口調の忍に、私は何とか気持ちを落ち着かせて頷いた。すると忍は、困ったように微笑む。

「俺はさくらと結婚する。さくらが嫌だって言っても……絶対に逃がさない。逃がしてあげられない」

本人も、病んでいる自覚はあるらしい。そしてそんな病んでいる忍が、私は好きだ。

「好きだよ、さくら。愛してる。俺にはさくらだけだ……それを、信じてほしい」

「……ん」

「会って、きちんと俺の意思を伝えて断ってくる。さくらは知らないかもしれないけど、俺、さくら以外には結構冷たいから断るのは難しくない」

忍が伝えてくれる言葉に、私の不安が消えていくのを感じる。まだちょっとぎこちない笑みを浮かべながら、私はしっかりと頷いた。そのまま立ち上がって、忍の隣に移動する。

「うん。信じて、待ってる」

ほんの少し、会わなかっただけなのに、こんなにも離れがたい。身を寄せる私の肩に、忍の手がそっと回される。

「……さくら」

「うん」

「……キスしていい？」

忍が問いかけてきた。忍も離れている間、不安だったのかもしれないと思った。

私の大切な幼馴染(おさななじみ)で、大切な人。完全無欠な彼が、私にだけ見せる感情の揺らぎが、堪(たま)らなく私の独占欲をくすぐる。

忍の惜しみない愛情と言葉に、私の心が満たされていく。不安はあるけど、忍が私を愛していると信じられた。そして私も、忍を……その、愛している。恥ずかしいから、まだ口にはできないけど。

いつも私を一番に考えてくれる忍の為に、私は何ができるだろう？　好きだって言えばいい？　忍だけだって伝えればいい？　信じてるって抱き締めればいい？

——百の言葉より、千の言葉より——今の私達に必要なのは、さっき忍が言ったことだ。

「ん」

目を閉じて、そっと忍に口づけた。彼のシャープな頬を両手で包むと、その上から手を重ねられる。

「……忍からは、駄目。私がする」

そう言って、私はもう一度忍の唇にキスをした——あまり経験がないから、上手くできているかわからないけど。薄く目を開けると、忍の目元が仄かに色づいていた。

「……口紅、移っちゃった」

忍とのキスを堪能した私は、悪戯っぽく笑う。忍の唇には、しっかりと私の唇と同じ色がついている。

「さくら、これからメイク直すよね？」

「うん」

「なら……もっとキスしよう」

そう言って、今度は忍から唇を重ねてきた。私は繰り返されるキスの合間に、「絶対、断ってね」と、嫉妬を滲ませながら甘える。忍はそれに応えるように、キスを深く甘く変えていった。

ひいおじいさまが倒れたというのに、何をやっているのかという気もしなくはない。だけど、こんな時だからこそ、忍と触れ合って安心したいのだ。

私達は、滝上さんが「そろそろ秘書課が戻ってきます！」と駆け込んでくるまで、キスを続けた。

専務室から出た私は、エレベーターには乗らず、非常階段を下りている。体力的にキツいけれど、秘書課の皆様と鉢合わせたくない以上に、キスで蕩けた顔を元に戻す必要があったのだ。

庶務課のある二階に下りるまでに何とか平静を取り戻す。時間がないので、サンドイッチをひとつ買って食べ、急いで庶務課に戻った。

仕事を再開しながら、私はこれからのことを考える。

――忍が、野宮紫さんに会う。

忍は何も言わなかったけれど、これは略式のお見合いだ。祖母や圭一郎おじさまから、何も心配はいらないと聞かされていたが、私は自分の立場について改めて考える。

曾祖父の一言から始まった婚約。私の後見人ともいえるのは、曾祖父だ。でも、その曾祖父が倒れたことで、私の存在はこんなにも不安定になる。

これまで当たり前に武蔵野の屋敷に出入りし、東山の本家でも過ごしてきた。どちらも祖母の実家であり、私にとっては遠い親戚という感覚だった。そこで、忍——鷹条家の次期様の幼馴染（おさななじみ）として、婚約者として、大切に甘やかされていたのだ。

私は今まで、そのことがどれだけ恵まれていたのか知ろうともしなかった。

だから今になって、享受してきたものの大きさに怯（ひる）んだり、自分の至らなさに落ち込んだりする。

それでも、私は忍と一緒にいたい。この先も彼の隣に立ちたいと思うなら——分家会の誰も、文句を言えない存在になるしかない。

忍はありのままの私でいいと言う。私も、忍といる時は変わらない私でいよう。

だけど、忍が外で冷たい御曹司の仮面を付けるように——私にも、優秀な夫人の仮面が必要なのだと思った。

忍の規制緩和のおかげで、庶務課での仕事はしやすくなった。おかげで社史編纂（へんさん）以外の仕事が増えたので、毎日仕事に集中できる。頼まれていた伝票を入力して課長に提出した。

そのあとも、色々頼まれた雑用や書類作成をこなしているうちに、終業時刻になった。

タイムカードを押して、すぐに更衣室に走る。帰りに、鷹条グループに関する本──経営については難しいけれど、会社の成り立ちや初心者にもわかりやすいものを何冊か買いたい。

そう思って着替えていたら、肩を叩かれた。

「葉子さん」

「ご飯行きましょ。奢ってあげる」

「え、でも」

「行こうや。桜ちゃん行かんなら今日はナシって葉子さん言うんやもん。うちの為に行っとくれやす」

「どこの言葉ですか、もう」

大袈裟に頼み込んでくる玲奈さんに、つい笑ってしまう。

本は……通販でもいいし。葉子さんの予告なしのお誘いは珍しい。私が頷くと、二人は着替えたあと、さっさとメイクをカジュアル仕様に直した。素早い。

「お店、どこにするー？」

「個室がいいわね」

「よっ、美魔女！　お金持ち！」

玲奈さんの合いの手に、葉子さんが苦笑しながら和食のお店に予約を入れてくれた。個室料金も考えると、ご馳走になるわけにはいかない金額な気がする。

しかし葉子さんは板長さんと顔馴染だったらしく、「いつものをお願い」と言って、綺麗な女将に先導されて個室に入った。座敷ではなくテーブルのお席だった。

私と玲奈さんは、葉子さんにすすめられるままに席に着く。洗練された、すごく感じのいいお店だ。

「桜子ちゃん」

「はいっ！」

反射的に返事をしたら、葉子さんは笑っていた。

「色々ね、耳に入ってくるのよ。ほら、私、情報源多いから」

言外に、ある程度のことは知っていると示されて、咄嗟に言葉が出てこない。

葉子さんは運ばれてきた先付にお箸を伸ばしながら、そっと尋ねてきた。

「何が不安なの？」

葉子さんの声は不思議だ。胸に抱えている不安や心配事をするりと吐き出させてしまう。

「……忍の役に立ちたいのに、今の私には、何もなくて。忍にふさわしくなりたいのに、何から手を付けていいかわからないんです」

「何だ、そんなこと？」

葉子さんはくすくす笑って、玲奈さんを見た。玲奈さんも笑っている。

「あの専務が、桜子ちゃんがいると、にこにこ笑顔で嬉しそうにしてるのよ。それ、ものすごいことだってわかってる？」

「え……」

「専務、十年以上前から会社にいらしてたけど、いつも無表情でね。『氷のお人形』って呼ばれてたのよ」

冷たく整った忍の顔立ちは、無表情なら、確かに……そう見えてしまうだろう。玲奈さんは「アイスドールってやつやな」と呟いた。

「だから、桜子ちゃんを追いかけて庶務課に顔を出してきた時は、びっくりしたわ。同じ人とは思えないくらい、にこにこして、嬉しそうで、幸せそうだったんだもの。ねえ、桜子ちゃん。一人の人を、あんなに幸せにできるって、すごいことよ？　少なくとも専務は、ありのままの桜子ちゃんを望んでいると思うの」

「葉子さん……」

「今すぐ、何もかも完璧にできるようになるなんて無理よ。焦らず、ゆっくりでいいの。桜子ちゃんのペースで、専務と一緒に歩いていけばいいのよ」

くいっと冷酒を飲み干した葉子さんは、私をじっと見た。優しい瞳は、私に姉がいたらこんな感じなのかなと思わせる。

「うちはな、別に足並み揃えて歩かへんでもええと思う。向かっとる方向が同じなら、一緒じゃなくてもええんちゃうの？」

玲奈さんはそう言ってウインクした。隣り合わせで座った二人は、向かいの私を見てくすくす笑う。

「桜子ちゃん。言ったでしょ。自分を卑下（ひげ）しすぎるのはよくないって。ねえ、人から八つ当たりされたり僻（ひが）まれたりした時、『自分が至らないからだ、頑張ろう』って思える人って、なかなかいないわよ？」

「普通は相手にキレて終わりやからな。桜ちゃんは、謙虚なのに向上心があるってことや」

「そう。――世話焼きオバさんの戯言（ざれごと）よ。聞き流してもいいし、何かの足しにしてくれてもいいわ」

そう言うと、「じゃ、おいしいご飯を食べましょ」と言って、お料理をすすめてくれた。

私は、綺麗に揚げられたつみれを食べながら考える。

――ありのままの私が、今、忍にしてあげられること。そして、これから、してあげたいこと。

このふたつを一緒に考えるんじゃなく、別々に考えてみる。私がいればいいと、忍は言う。これは今してあげられることだ。でも私は、忍の為に何かできるようになりたい。忍の傍にいてもいいと、私自身が納得できるようになりたいから。

自分の中で、そう答えが出たなら、私のすることはたったひとつ。

何があっても、忍を信じて努力することだ。

7

「……滝上」

「はい」

「二十年かけて初恋を成就させ、最愛のさくらと婚約したばかりの俺が、何で他の女と見合いしなきゃいけないんだ」

俺は、野宮紫との茶話会に向かう車の中で、滝上がまとめた資料を捲りながらつい愚痴を零した。

「そうですね」

「だいたい、分家会の横やりのせいで、さくらに会うこともままならない。面倒事はさっさと終わらせて帰るぞ。滝上、これから会う野宮って、どんな馬鹿だ？」

資料に目を通すのを途中で放棄し、俺は運転席の滝上に問う。ちなみに野宮への罵倒(ばとう)は激しくなる一方だ。

「簡単に申し上げますと、常に身の丈以上を望む欲の塊(かたまり)かと。鷹条家の分家とはいえ、元々野宮家は勲功(くんこう)華族で、そこに鷹条の庶子が嫁いで分家となった家ですから。公家華族の公爵であった鷹条家への憧れは相当のようです」

「馬鹿馬鹿しい」

軽蔑と共に吐き捨てた俺を、淡々と滝上が諭(さと)してくる。

「持たざる者は強い憧れののち、自分にも手が届くと錯覚するのですよ、次期様」

「そんな薄い血縁、本来なら分家とも言えないだろうに」

「分家会にそれは通りませんからね。——さ、到着いたしました」

出迎えは事前に断ってあったから、俺と滝上はホテルの指定された店に向かう。一階のラウンジを抜け、エレベーターで三階に上がった先に、その店はあった。しっとりした佇(たたず)まいの、曾祖父が好みそうな「華と色」のある和食店だ。

「ああ、もっと早く出てくれればよかったな……」

俺の方が早く着いていたら、「本家の跡取りを待たせるとは」とか言って帰れただろうに。

「残念ながら、既にご到着されているようですね。あちらが――野宮紫様と、母上の美代子様です」

滝上の声に、視線を巡らせると――姉弟と言えるくらいには俺に似た女が、華やかな赤の振袖を着て立っていた。

俺達は店の奥の、おそらく一番いい個室に通された。曾祖父が気に入った店だと聞いていたが、気に入ったのはこの部屋じゃないな。派手すぎる。ついでに、この親子の着物も。

俺は相手の自己紹介を待たず、また自分から名乗ることもせずに上座に座った。

非礼は承知の上だ。それに、相手に礼を尽くすつもりは最初からない。

「初めてお目にかかります。野宮――」

「断る」

次期様、と滝上が小声で窘めてくるが、知ったことか。

「お怒りはご尤もです。忍様には、既に七瀬家のお嬢様――桃子様のお孫様とのお話がおありだと伺っています。それを、分家会が無理を申し上げまして……」

「紫！」

「本当のことよ、お母様」

母親よりは肝が据わっているらしい。野宮紫は、俺に向かってにっこりと微笑んだ。自分の笑顔の効果に余程の自信があるようだ。俺にとっては、計算高くて腹立たしいだけだが。

「ただ、分家会としましても……忍様のご結婚は、他人事ではございません。鷹条家の発展、ひいてはグループ全体の発展に繋がりますから。忍様のお相手は、かつては大旦那様のご意向により、桜子様とされていたようですが……」

今は違うとでも言いたげな言葉に、俺の声が自然と冷たくなる。

「曾祖父は、今も桜子をと言っている」

「数年前、ご機嫌伺いに参りました際は……」

野宮夫人が、またもや場の空気を読まずにしゃしゃり出てきた。横に大きな体を濃紺の着物に押し込んだみっともない姿で、きんきんと声を張り上げてくるので、俺は冷たく睨みつける。

「あり得ないな。武蔵野の屋敷は、曾祖父の許可のない者は入れない。分家の嫁ごときに許可がでるわけがない」

「ま……っ」

本家の人間に対して、こうもわかりやすい嘘をつくとは、この女の程度が知れる。今までそうやって誤魔化してきたんだろうが、付き合ってやる義理はない。

「いくら本家のご嫡男といえど、言葉が過ぎるのではございませんか！」

「ほう。なら、正確な日時を教えてもらいましょうか。曾祖父のスケジュールは、執事の高野がすべて記録している。あなたが嘘をついていないなら、記録が残っているはずだ」

「ことがことですから……内密に伺いました」

どこまでも底の浅い女だ。俺は、はっきりと眉をひそめて野宮美代子を見下ろした。

「何かあったら、日本中が大騒ぎになる老人のもとに、分家の嫁が内密に訪問できると？　鷹条の警備を馬鹿にしているのか？」

事実だ。だから鷹条の屋敷の警備レベルは常に最先端のものになっている。そして、本家の人間には、ＧＰＳ付のチップが埋め込まれている。当然俺にも。

「お母様は黙っていてください」

野宮紫は白い手で母を窘め、申し訳なさそうに頭を下げた。

「母の失言をお許しください。私は、桜子様を差し置いて忍様に添おうとは思っておりません。今回のことは、あくまで分家会の顔を立てる形ばかりのものでございます」

「……」

これだけ俺が敵意を出しているのに、この女はまるで動じない。やり取りだけを見れば、母親と違い道理をわきまえた振る舞いに見える。だが、何かが引っかかるのだ。この女は、何かを企んでいる、それは何だ——

「そろそろお暇しましょう、お母様。これ以上は、忍様を怒らせてしまうだけよ。分家会の皆様には、お会いできたことだけ報告すればいいわ」

そう言って立ち上がると、退室の挨拶をされた。そうなると俺も、見送りに出ないわけにはいかない。滝上とともに、野宮親子を警戒しながら見送ろうとした時——

「あ」

野宮紫が不自然に体勢を崩し、俺の方によろめいた。同時に野宮美代子が大きな体で俺を娘の方に押しやる。決して華奢ではない俺がバランスを崩すほどの力で体当たりされ、図らずも倒れ込んできた野宮紫を抱き留める形になる。

次の瞬間、俺と野宮紫が眩いフラッシュに包まれた。

この女の目的を理解するものの、時既に遅し——俺は完全に嵌められてしまった。

滝上の調べで、一人、あの直後店から姿を消した店員がいるとわかった。おそらく野宮は店員を買収し、マスコミを手引きさせた上で、俺と一緒に退店したのだろう。

「このホテルの信用は地に堕ちた。それについては分家を恨んでおけ」

飛んできた支配人にそれだけ告げて、すぐに下がらせる。

曾祖父のお気に入りの店が入っているだけでなく、鷹条系列のホテルだが、従業員の教育もまともにできないなど論外だ。もしくは金に釣られたか——なら、残った従業員教育を徹底するしかない。今更それがわかったところで意味はないが。

あとのことを滝上に任せ、俺は今後の対応について考える。

鷹条の力で止められる情報はすべて止めたが——野宮親子は、自分達に従うメディアを抱えているに違いない。今はネットニュースや個人のSNSもあるから面倒だ。どのみち、俺と野宮紫のスクープ記事が出るのは免(まぬか)れない。

「……くっそ……」

腹立たしいが、今回は野宮紫の勝ちだ。

俺はめまぐるしく頭を働かせながら、さくら専用のスマホを手に取る。そして、唯一登録されているナンバーを呼び出した。

＊＊＊＊

私はそのあとも、いつもと変わらない日常を過ごしている。毎朝の掃除を済ませ、社史編纂(へんさん)業務の合間に、庶務課のアシスタント的な作業や伝票処理を頼まれる。

忍からは、「断った。けど、嵌(は)められた」とだけ説明されていた。断ったけれど、望まぬ写真を撮られた。それがどういう意味かは——写真の載った雑誌が出た時、よくわかった。

コンビニに並んだ雑誌を見て、芸能人でもない忍が、こんなに大きな記事にされるんだと思った。ネットニュースには「美男美女ｗｗ勝ち組ｗｗｗｗ」といった煽りコメントが多く寄せられている。玲奈さん曰く、そうしたコメントも「雇ってやらせてる可能性がある」ということだった。まるで二人は結婚秒読みみたいに書かれた記事に、私の名前は一切なかった。あっても嫌だけど。

忍からは、毎日のように「会いたい」と連絡が来る。記事が出て忍の周りが騒がしくなった為、私達はこれまでのように会えなくなっていた。

曾祖父の意識は、まだ戻らない。時々、仕事帰りにお見舞いに行くけれど、たくさんのチューブに繋がれた曾祖父は、どんどん痩せてしまっている。年齢のわりに力強く若々しかった外見が、少しずつ衰えていくのを見ていると怖くなった。

私は、持ってきた花を花瓶に活けたあと、細くなった曾祖父の手を握る。

「ひいおじいさま……」

曾祖父が、どれだけ私達のことを守っていてくれたのか、あの写真が出て初めて理解した。

鷹条グループがどんなに巨大でも、ネットに記事が流れることはある。でも、これまで私と忍の写真が一度も出たことがないのは、圭一郎おじさまや幸臣おじさまだけでなく、曾祖父が目を光らせていてくれたからだ。

今まで野宮さん親子のように、暴挙に出る人達がいなかったのは――偏（ひとえ）に、曾祖父がお元気で、忍と私の結婚を認めてくれていたからだ。

「今まで、守ってくださってありがとう。気づかなくてごめんなさい」

曾祖父は、決して忍だけを慈（いつく）しんでいたわけではない。私も同じくらい愛されていたのだ。

「私は、忍の――ひいおじいさまにとってのひいおばあさまに、なれるかな……」

その為に、私はこれからどうすればいいんだろう。うっすらと見えてきたそれを形にしたくて、私はずっと考え続けていた。

金曜日の午後。週末は、普段よりは忙しい。それでも「残業しない」の目標どおり、庶務課は作業をスピードアップすることで定時で帰れるよう努めている。

「七瀬くん、これ、十部ずつコピーして、製本してくれるかな」

「はい」

庶務課の男性社員から急ぎの仕事を頼まれた。席を立って、コピー機に向かう途中、続けて仕事を頼まれる。

「それが終わったら、入力作業もお願いしていい?」

「わかりました」

今日は葉子さんがお休みだからか、男性社員からの補助業務が次々と飛んでくる。けれど、仕事がたくさんあるのは嫌じゃない。

「製本終わりました。入力する書類はどれですか?」

「あ、これなんだけどさ、PDFじゃなくてエクセルで頼めるかな」

書類を受け取りつつ、フォーマットについて確認していると後ろから声をかけられた。

「七瀬くん」

「はい」

振り返ると、砂川課長が困ったような顔をしている。どうしたんだろう。

「君に来客らしい」

「私に……ですか?」

「うん。どうやら急ぎらしくてね」

「それ、うちが入力するから七瀬ちゃん行っておいで」

玲奈さんがフォローに入ってくれたので、私は首を傾げながら外出カードを手に取った。

「すみません、ちょっと行ってきます。できるだけ早く戻りますので」

――会社まで私に会いに来る人って、誰だろう。

一階に向かいながら、エレベーターの中で考える。

おばあちゃんなら、圭一郎おじさま経由だろうし、両親なら休憩時間に合わせてくれる。そもそも家族に緊急事態が起こったなら、まずは電話をかけてくるはずだ。

リン、と涼しい音がしてエレベーターが一階に到着した。受付で名乗ると、担当の美女がにこやかに微笑んでくれた。

「あちらでお待ちです」

示されたラウンジスペースにいるのは――すらりとした、キャリアウーマン風の女性。

とても綺麗なその人を、私は見たことがあった。写真では和服だったけれど、スタイリッシュなスーツ姿も美しく華やかだ。

「野宮、紫さん……?」

私に気づいた彼女は、立ち上がってお辞儀をしてくる。

「直接は初めまして、かしら。ご機嫌よう、桜子様」

顔を上げて、にっこりと笑う紫さんは、本当に――忍とよく似ていた。

「ここ、私のおすすめなんです」

私は野宮紫さんに連れられて、彼女のお気に入りだというカフェに入った。

「桜子様は、紅茶がお好きだと伺(うかが)ったもので。私もコーヒーよりは紅茶なんです」

「そう、なんですね」

「自己紹介した方がよろしいかしら」

「え……」

「桜子様は、桃子様のお孫様ですもの。鷹条本家の血筋だわ。——分家筋の野宮紫と申します。二十六歳。職業は家業の手伝いをしております」

つまり、彼女は野宮グループで働いているということなのかしら。

「七瀬桜子です。鷹条商事の庶務課に勤めています」

予想外の状況に緊張しつつ、私も挨拶(あいさつ)をした。

「……忍様のお気に入り、でしょう? 初恋の君」

その言い方に悪意を感じる。彼女は微笑んでいるのに、喧嘩を売られているような気になった。

「既にご存じのことと思いますが——私、先日、忍様と略式のお見合いをいたしました」

「……はい」

そのお見合いの記事が週刊誌に出た上、結構報道されている状況で、「知りませんでした」とは言えないだろう。

「そこで……写真を撮られてしまいましたの。忍様にはご迷惑をおかけしてしまって、申し訳ない限りです。けれど、忍様は特に何もおっしゃいませんでしたわ。さすがご本家の次期様ですわね。私、ますます好きになってしまいました」

週刊誌の記事こそ正しいと言いたげな態度に、私も黙っていられなくなる。

「……私と忍は、婚約しています」

「ええ。存じております。でも私、諦めておりませんの。分家にとって、本家がどれほどの憧れか、桜子様にはおわかりになりませんわね」

暗に「分家会もこの縁談を認めていない」と笑って、紫さんは優雅に紅茶を飲んだ。

「時に、鷹条家次期当主夫人が受け継ぐ指輪は、既にあなたのおばあさま——桃子様が受け取っていらっしゃると聞きました」

「……はい」

紅茶の芳香を楽しみながら、紫さんは私をじっと見てくる。

「まだ、それを付けて婚約を披露なさってはいませんわよね？」

「……ええ」

紅茶のカップを置いた紫さんは、にっこりと微笑んで言った。

「でしたら、それを私に譲っていただけますか？」

「……何、を」

「桜子様は、まさか本当に忍様と結婚なさるおつもりなのですか？　失礼ですけど、桜子様にはあの忍様の隣に立つ自信がおありなの？」

「……これから、努力します……」

私の精一杯の言葉を、紫さんは一笑に付した。

「鷹条の当主夫人というものを、きちんとご理解なさっています？　桃子様や、忍様達に大切に大切に守られてきたあなたに務まるとでも？　お優しい桜子様には難しいのではないかしら？」

甘ちゃんの私には無理だが、自分はできるという自負を込めて、紫さんは私の決意を否定する。

「私、大学では経営学を専攻して、在学中に様々な資格も取得いたしました。他にも、華道や茶道、基本的なマナー、海外のゲストの為に英国式とフランス式のマナーも学びました。会話だけなら、英語とフランス語と中国語ができます。すべて、鷹条家の名に恥じない……忍様の妻としてふさわしく在れるように、学んだものです」

私が、忍の隣にはこういう女性がふさわしいのではと思っていたものを兼ね備えた紫さんが、勝ち誇ったように笑う。

「桜子様は、これまで何をなさっていましたの？」

今の私は、彼女に言い返すことはできなかった。紫さんの言うとおり、私はずっと忍の好意に甘え続けてきたのだから。

「――桜子様のような、甘やかされたお姫様にはおわかりにならないくらい、鷹条家というものは大きいのです」

「……っ、わた、わたしはっ――」

「桜子様は、上手くお話しするのも苦手なようですね。それでは到底、鷹条の当主夫人は務まりませんでしょう？」

私の言葉にかぶせるように、紫さんが追い打ちをかけてくる。

勝手に決めつけないで。私は、私にできる最良の形で忍の傍にいる、その為に――

「ああ、それとも。忍様が夢中な、そのお可愛らしい顔を活かして……」

――愛人にでもなられたらいかがです？

どうやって店を出たのか覚えていない。気持ち的には代金を叩きつけたかったけど、無理だろう。私が強気になれるのは、忍くらいだ。早足で会社に戻りながら、私は自分の弱さに呆れていた。あんな時くらい、強気になれなくてどうするの。

今頃、紫さんが高笑いしている気がする。

鷹条の跡取りに、恋愛結婚なんて夢物語が許されるはずがない。彼女の言っていたことは、甘やかされてきた私にだって理解できる。

私は、忍の妻という立場が欲しいわけじゃない。ただ忍が好きなだけだ。でも、誰かに忍の妻の座を譲り渡せるかといえば、答えはノーだった。

忍は初恋から二十年と言うけれど、私だって同じだ。でも、いろんな誤解があって、ずっと表に出せなかったその気持ちを、ようやく伝えることができたのだ。

あんな完全無欠人間の隣に立とうと決意することすら、私にとってはかなりの勇気を振り絞る必要があった。だって、私は自分が平凡な人間だとわかっているから。

けれど、そんな私でもいいと言ってくれる忍の気持ちを、紫さんは「愛人になればいい」なんて言葉で侮辱した。私は彼女を、絶対に許さない。

＊＊＊＊

あの「スクープ記事」以降、俺と滝上は、余計な仕事に忙殺されていた。

滝上は各メディアの対応に追われ、俺はあの記事は誤解ですよ、単に会食しただけですよ、と顔に笑みを張り付け関係各所を回っている。俺がさくらを諦めたと思ったのか、「なら自分の娘を」と抜かす阿呆まで出てきて、まったくもって笑えない。我ながら、日に日に表情が冷たくなっていくのを感じる。

更に分家会からは、ここぞとばかりに「紫さんは、今回の件でいわば傷物になってしまったわけですから……」などと、まるで俺が悪いかのような申し立てができているらしい。ふざけるな。

　こんな時こそ、癒しが欲しいのに、今の俺はさくらに会うことすらままならない。というのも、俺は祖父と父に行動を制限されているからだ。いわば会社とマンションの軟禁生活。そうでもしないと、俺がさくらを連れて脱走するか、マスコミに逆披露すると危ぶまれているのだろう。

　正しくは、やろうとして止められたのだが。

　ちょうど専務室を出たところで、滝上が現れた。

「次期様」

「分家会か」

「はい。本日、野宮紫様が、桜子様に接触したようです」

「さくらはどうしてる?」

　足早にエレベーターに乗り込んだ俺に付いてきた滝上は、エレベーターのドアが閉まると、静かに口を開いた。

「先に、紫様への対処をなさいませ」

「は!?　さくらを放置してか、ふざけ……」

　激昂した俺に、滝上の冷静な声が重なる。

「野宮紫様が、桜子様に何もしていないとお思いですか？」

「……っ！」

「……本当に、桜子様が絡むと、周りが見えなくなりますね、次期様は」

「うるさい」

「桜子様が、おっしゃっていたのですが」

「何だ」

「忍は『待て』ができない大型犬よね——だそうです」

否定はできない。

落ち着け、俺。頭を切り替えろ。俺は、腕を組んで目を閉じた。

あの女はきっと、俺を怒らせたいのだ。怒らせることで冷静さを失わせ、自分に都合よく事を運ぼうとしている。だからこのタイミングで、さくらに接触したに違いない。

さくらを傷つけるものは潰す。それはいつものことだ。だが——

「野宮紫を徹底的に洗え。そして、あの女が、さくらに何を言ったか、すべて明らかにしろ」

我ながら冷たい声だった。仕方ない、野宮紫は俺の逆鱗に触れたのだから。

滝上に車を運転させ、武蔵野に向かう。曾祖父が倒れて以降、祖父は武蔵野の屋敷に滞在していた。

一度、野宮紫——ひいては分家会をどうするか、祖父と話し合っておく必要がある。何せ、マスコミを使って俺を嵌めるような、手段を選ばない相手だ。本家の害にしかならない分家なら、いっそ切るべきだ。

車窓に映る景色を見ていたら、さくら専用のスマホが鳴った。

「さくら？　どうした？」

急いで出る。大丈夫だろうか。傷ついたり、泣いていたりしないだろうか。

『……仕事中にごめんなさい。今日、少しいい？　話したいことがあるの』

「わかった。時間の調整をしてから、また連絡する。それでいい？」

『うん。ありがとう。急に言ってごめんなさい』

「いや。さくらなら、いつでもかけてきてくれていい。俺は嬉しいから」

さくらはもう一度、ありがとうと言って電話を切った。電話越しに声を聞くだけで、俺の心のささくれが癒される。

深く息を吐いて、俺は背凭れに寄りかかった。

「……武蔵野に着いたら起こしてくれ」

「承知いたしました」

少し仮眠を取ることにして、俺は目を閉じた。

武蔵野の屋敷は、前回来た時より随分と落ち着いていた。曾祖父の代わりに祖父が滞在していることが、使用人達の安心に繋がっているのかもしれない。俺も鷹条を継ぐ者として、こういう存在にならなくてはいけない。

「ご当主様がお待ちでございます」

出迎えた高野に、奥へ案内される。

亡くなった曾祖母が気に入っていたと聞いている二階の部屋に通された。曾祖父が知ったら、烈火のごとく怒りそうな気がするが……いいのかおじいさま。

「忍か」

「はい」

「……また見事にやられたものだな」

「言い訳はしません」

部屋の入り口で、俺は深く頭を下げた。

「言葉遣いを戻しなさい。落ち着かん」

祖父は俺が丁寧な口調で話すのが苦手なようだ。さくらの丁寧語には、にこにこしているくせに。

「野宮の目的は、とりあえず俺と娘を結婚させること。そうすれば、晴れて本家の仲間入りだ」

「そんなになりたいものかね、本家の一員になど」

「俺にはわからないけど。面倒くさいし」

「寄付金だの褒章だの名誉職だの……鬱陶しいんだがねえ」

「外から見たら違うんだろ。俺達にはわからないものに価値を見いだす連中がいて、野宮はそうなんじゃないか」

　俺は息をひとつ吐き、祖父に向き直る。

「おじいさま。俺、このあとさくらに会うから、とっとと本題に入らせてほしい」

　正直に言うと、正直に返された。

「おまえが簡単に嵌められたりするから、分家会が調子づいていてな」

「それは申し訳ありませんでした」

「正式に鷹条グループに入れてほしいそうだ」

「……なるほどね」

　そんなことの為に、俺を嵌めて、さくらに手を出したのか。知らず、俺は笑っていた。

「忍」

　そんな俺に、祖父が真剣な顔を向けてきた。

「野宮家は今後も桜子ちゃんに何かしてくるだろう。――あとはおまえの好きにしなさい」

俺への報告は、大抵祖父にも届けられるから、野宮紫がさくらに会ったことは、祖父も知っている。その上で、俺に「好きにしろ」と許可をくれた。

つまり、野宮に対する処分、ひいては分家会への対応についても、俺の好きにしていいということだ。

「おじいさま」

「何だ」

「後始末は任せます」

「やるなら、後始末まで完璧にやりなさい。ああ、あの言葉は撤回しよう。――程々にやってもわからない阿呆には、徹底的にやれ」

笑いながら、祖父は俺を送り出してくれた。そのまま俺は駐車場に走り、ここに常駐させている自分の車に乗って、エンジンをかけた。

＊＊＊＊

……忍が来る。いや、ここは忍のマンションなんだから、来てもおかしくないんだけど。

私は、以前渡されたスペアキーを使って、忍のマンションにお邪魔していた。

さっき、話したいことがあると電話をかけたら、この場所を指定されたからだ。

忍と会えなくなって、どのくらい経っただろう。ここ二年以上、ほぼ毎日顔を合わせてきたから、会いたくて堪(たま)らない。

——忍が言っていた意味が私にもやっとわかった。

忍が足りない。忍に会いたい。触れたい。キスしてほしい。

私が忍に話したいことは、もちろん紫さんについてだ。だけど、それ以上に、忍に会いたかった。

不意に、オートロックが解除され、ルームキーも開錠される。外からこの操作ができるのは、部屋の主(あるじ)だけだ。もうすぐ、忍が入ってくる。そう思うと、私の心臓がひとりでに高鳴ってくる。

落ち着かなくて広い玄関に向かうと、ちょうどドアが開いて——あっという間に抱き締められた。

「——さくら、会いたかった」

強い力でぎゅうぎゅうと胸の中に閉じ込められ、嬉しい反面とても苦しい。

「し、忍……あの、ちょっと離して」

「……駄目。さくらに触ってたい」

微妙な言い回しはやめてほしい。だけど私も、忍のぬくもりが心地よくて懐かしいから、強くは拒絶できない。

「……あとで、ね」

私は、忍の背に手を回して小さく呟いた。

「さくら?」

「……話をしてから。そうでないと、落ち着かないの」

私がそう言うと、忍はもう一度強く私を抱き締めて、額に触れるだけのキスをした。

「なら、覚悟しておいて」

これでもかと色気を振り撒いて、私を真っ赤にする。本当に敵わない。

私は気を取り直して、靴を脱いでいる忍の背中を軽く叩いた。

「先に上着ちょうだい。それから、飲み物は何がいい? 手も洗ってきて」

「ん。……何か、母親みたいだよ、さくら……」

複雑そうに頷いた忍が、ジャケットを脱いで渡してくる。

部屋に移動し、ジャケットをハンガーにかけながら、パウダールームに入る忍を確認した。私はすぐにキッチンで飲み物を用意する。といっても、忍は何がいいのかわからないので、とりあえず棚にあったブランデーを用意した。私の分は、ブランデー入りの紅茶だ。

「それで、話って？」

広々とした二人掛けのソファーに座った忍が、私から氷の入ったグラスを受け取りつつ聞いてくる。私は、彼の斜向かいのソファーに腰を下ろした。

「……私なりに、考えていたの。忍の……鷹条の当主夫人としてふさわしいと認めてもらうには、どうすればいいいか」

「……うん」

忍は、黙って私の言葉を待ってくれている。

「まだ、はっきりとは言えないけど……何となく、見えてきた気がするの。忍は、ありのままの私が好きって言ってくれた。なら、当主夫人にふさわしくなる為に私が変わっちゃったら……それは、本末転倒よね？」

「そうだね。でも、どんなさくらでも俺は愛してるよ」

「……うん。忍ならそう言ってくれると思ってた。でもね、忍。私、甘えてばかりじゃいけないって思ったの。……強くなりたいって」

「さくら」

「私、勘違いしてた。忍の隣に立って、人からふさわしいと思ってもらいたいんじゃなくて……私が自分でそう思えるようになりたいの。忍の横にいる私に、自信を持ちたい」

ずっと考えていたことを、ゆっくりと忍に伝えていく。忍は何も言わずに視線で先を促してくる。

「忍が私を守りたいって思ってくれたみたいに……私も、忍を守りたい。変かな？」

私は、自分の中の想いを言葉として拾い上げながら、忍に伝わることを願った。

「私には、そんなに大したことはできないけど……、忍が疲れたなって感じた時、私のこと思い出してホッとできる存在になりたい」

「それなら、もうなってる。さくらのことを考えただけで、俺は幸せだから」

忍が、私に向かって優しく笑った。

「さくら」

「……何？」

「話したいことは、それだけ？」

忍の表情で理解した——彼は、紫さんと会ったことを、もう知っているんだ。

「……今日、紫さんが会社に来たの」

「うん。それで野宮紫は、さくらに何を言ったの？」

「甘やかされてる私には、鷹条の当主夫人は務まらないって……」

「……そう」

何も言わないけど、忍の纏うオーラが黒くなった気がした。

「でも……悔しいけど、甘えてたのは事実だから。それより、忍にふさわしくないって言われた方が、ショックだったな」

きっと、それが今の私に対する周囲の評価なのだ。でも、今のままでいるつもりはない。

「――さくら……俺との結婚、嫌になった？」

忍は、静かな瞳で、私を見つめていた。

「……さくらが、俺との結婚を不安に思っているのはわかった」

忍の感情が抜け落ちたような瞳に、不安になる。

「忍？」

「だけど俺は、他の何を失くしても、さくらだけは失えない」

俯（うつむ）いた忍は、右手で髪をかき上げ、そのままくしゃりと握り込む。

「さくらが嫌だって言っても、離してあげられない」

さくらを困らせたくないのに、と苦しげに言葉を吐き出し、整っていた髪をぐしゃぐしゃと乱した。

「今のさくらに、何をしてあげればいいかわからない。俺から解放してあげればいいのか？　無理だ、さくらがいない世界なんて俺には耐えられない」

私を、こんなに強く想ってくれる人は、忍しかいない。優しくて我儘（わがまま）で、こんなにも――愛しい。

「今もね、本当に忍には私でいいのかと思うよ」

「……」

「忍」

忍の肩が、ぴくりと震えた。

「でも、私も忍でなきゃ駄目なの。紫さんに忍にふさわしくないって言われた時、咄嗟に何も言い返せなかった。けど、忍のことが好きなの。それだけは、誰にも負けないって自信を持って言える」

「……さくら」

顔を上げた忍は、乱れた髪が凄絶な色気を放っていて、思わず目を奪われてしまう。

私はその艶麗な顔を見つめながら、にっこりと微笑んだ。

「誰に何を言われても、私は忍の奥さんになりたいよ」

忍は、いつだって私の気持ちを優先してくれた。意地を張る私の心ない言葉に傷ついても、決して責めることなく、ずっと傍にいて私を愛してくれた。

私には、「無条件に忍を笑顔にする力がある」と葉子さんが教えてくれた。私は、忍を幸せにできる。忍も私を、幸せにしてくれる。

「ねえ、忍。私、忍が好きよ」

忍は、小さく頷いた。

「ああ。さくらは俺が好きだ。俺がさくらを好きなように」

「この先も、ずっと忍の隣にいたい。ただ守られるだけじゃなく、どんな時も互いに支え合っていける存在として」

「……さくら」

「この前ね、私に別の部署から異動の打診があったって葉子さんが教えてくれたの。すごく嬉しかった。私でも、ちゃんと会社の役に立ててるんだって思えたから」

「さくらはそこにいるだけで、俺の仕事の効率を上げてくれてる」

対抗するみたいに言ってくる忍に、つい笑ってしまう。

「そういうことじゃないの。全然知らない人が、私のした仕事を評価してくれたってことが……すごく嬉しかったの」

異動は断ってもらってよかったけど、評価されたことは嬉しかった。「私なんか」と思っちゃいけないと言ってくれた、葉子さんと玲奈さんに感謝している。

何となく忍に甘えたくなって、私は忍の隣に座った。忍が、きょとんとした顔で私を見ている。

「久しぶりだし、くっつきたい気分なの」

そう言って体を寄せると、忍は肩を抱いて受け止めてくれた。

「まだ、ほんの小さな一歩だけど……いつか分家会にも認めてもらうから」

忍を見上げて、笑顔でそう口にする。

「俺が認めてるんだから、周りの言うことなんて気にしなくていい」

「奥さんの評価が低いと、旦那様まで悪く言われちゃうでしょ。私はそんなの嫌なの。だから、色々教えてね」

「さくらが、そんなに頑張ることないのに」

溜息をついた忍には、私の言葉が嬉しいのに、「どうして分家会ごときがさくらを評価するんだ」という苛立ちも覗いて見える。ほんと、我儘。だけどそんなところも好き。

「私が悪く言われるのを、忍は嫌だって思ってくれるでしょ。私だって忍が悪く言われるのは嫌なの。こんなに素敵な旦那様が私のせいで悪く言われるなんて、悔しいじゃない」

悪戯っぽく微笑んだ私に、忍が息を呑んだ。

「……さくら」

「なに？」

「……今すぐ抱き締めて、キスしたい」

「……うん」

忍は体勢を変えて、私を正面から抱き締める。筋肉のついた腕が、私をしっかりと抱き締めた。清潔な石鹸の香りがして、私はほっと息をつく。懐かしい、忍の香りがする。

「……さくら。今日は、泊まっていけるの？」

「……う、ん」

久しぶりに会った忍の声。吐息。そして体を包み込む体温。そのすべてが、私を甘く溶かしていく。

「……忍と、一緒にいたい」

「俺は、一緒に寝るだけじゃ、我慢できない」

忍の声は何かを抑えている。抑えられたものが私への欲望であることは、もうとっくに知っている。

「うん……私も、一緒に眠るだけは嫌」

忍を感じたい。こうやって服の上から触れるだけじゃなく、直接——もっと体の深いところまで触れ合いたい。

「さくらの大事な話は、これ？」

意地悪く聞かれた言葉に、言い返せない。

本当のことを言えば、紫さんのことは電話でもよかった。直接会って話したかったのは、私の決心を伝えたかったから。でも、それ以上に。

「忍と、キスしたかった」

「俺はキスだけじゃ足りない」

そう囁きながら、忍の唇が私のそれにゆるりと重ねられた。

確かめるように唇をなぞる忍のキスを、私は目を閉じて受け入れた。それでもまだ少し怖くて、体の強張りは消えない。初めての時の痛みを思い出して、小さく震える。

そんな私に、忍は何度もキスを繰り返す。優しい、触れるだけのキス。

だけど私は、そのキスに少し物足りなさを感じてしまい、羞恥心が湧き起こる。

「さくら。そんなに力入れないで」

「……入れてな……」

ない、と反論しかけた私の口腔に、忍の舌が侵入してきた。自分の中に他人を受け入れるという意味では、私にとって、ディープキスは性交渉と似ている。だけど、私はそれを受け入れた――だって、相手は忍だもの。

角度を変えながら、口内を舐める忍の舌は、確かな意思を持って動いている。それは――自分のものだと確かめる、という意思。そして彼は、怯えて縮こまっていた私の舌を捕らえた。

他人の舌の感触なんて、忍とキスをするまで知らなかった。

忍はゆっくりと私をソファーに押し倒し、互いの舌を絡める。経験の少ない私は、忍の動きについていくだけで精一杯だ。

どれだけそうしていたのか。呼吸が苦しくなった頃合いを見て、忍がそっと唇を離した。はぁ、と欲のまじった熱い吐息が、どちらからともなく漏れる。

「……さくら、シャワー浴びたい？」

「……う、ん……」

このままでもいい気もした。だけど、触れられるならやっぱり綺麗にしておきたいと思う。前回のように体を舐められたりされるなら、なおさら。

「わかった。じゃあ、先に使って」

少し掠れた忍の声が艶っぽくて、私は目を合わせられない。

「……うん」

一言だけ返事をして、バスルームに駆け込んだ。

豪華な造りのバスルームで体を洗う。アメニティはユニセックスなもので、私でも使える。ふと、備え付けの大きな鏡に映った自分が目に入った。細身で凹凸の少ない体。胸も片手サイズだ。

そう思いつつ、自分の胸をじっと見ていると、落ち込みそうになってきた。スレンダーと言えば聞こえはいいけれど、単に胸が小さいだけだし。

私は敢えてそれを考えないようにして、急いでバスルームを出た。——しかし。

「……バスローブしかない……！」

失敗した。ここは忍のマンションで、私の着替えがない。忍に言えば手配してくれるだろうけど――服ならともかく下着は嫌だ。下着は後で洗って、服はそのまま着るしかないか……

私はタオルで体を拭き、バスローブを着た。そのままドライヤーを持ってバスルームを出る。

「えっと、お風呂、ありがとう」

リビングで難しそうな雑誌を読んでいた忍にそう言うと、忍は私を見て目を丸くした後、――ふいっと顔を背けた。

「……さくら。バスローブは反則……」

「だ、だって、他に着るものがないんだもの！　仕方ないじゃない」

「……クリーニングに出す？　明日の朝までには仕上がるけど」

「……うん、お願いします」

高級マンションのクリーニングか……高そうだけど、仕方ない。

頷いた忍は何も言わず、バスルームに向かっていった。

ドライヤーで髪を乾かしていると、五分もせずに忍が出てくる。

大雑把に拭いたらしい髪をぐしゃりとかき上げながら、近づいてきた。

「は、速くない？」

十分くらいかかると見積もっていたのに。

「さくらが、待ってるのに？」

くすっと笑って、忍は私を抱き上げた。

「さくら、もうちょっとふっくらしてもいいよ。軽い」

「うるさい馬鹿」

恥ずかしくて悪態をついたら、忍は楽しそうに笑って、メインのベッドルームに入った。そのまま広いベッドに、私を横たえる。

私の前髪をかき上げ、露わになった額にキスをしたあと、忍は溜息をついた。

「どうしようか。優しくしたいのに、めちゃくちゃにしたい気もする」

「え」

「さくらは可愛い。だけど、可愛いさくらだけじゃ足りなくなってきた」

そう言って忍は、私に覆いかぶさってくる。そして、俺を欲しがるさくらが見たいと耳元で囁き、愛撫を始めた。いつもはキスからなのに、今日はいきなり腕を掴まれる。

「っ……」

バスローブの前を開かれ、露わになった乳房の横に啄むようなキスをされた。甘い痺れが体を走り、うっすらと残った痕に、忍が満足げに舌を這わせる。

「くすぐったい？」

「ん……っ」

「気持ちいいんだ」

笑いながら、忍は胸へのキスを繰り返す。乳房を揉みながら、側面や谷間に痕を残していく。それでいて、私が触れてほしい場所には、決して触れてくれない。

「しのぶ……っ」

焦れて、思わず懇願するような声が出た。

「ん、何？」

「……っ」

わかっていて、はっきりと言わせたがる忍に、唇を噛んで真っ赤になる。そんな私を見下ろして——忍は獰猛に笑った。

「指がイイ？　それとも舌？」

「……っちも……」

「ん？」

「両方……して」

片方の乳房だけじゃ足りない。両方、愛されたい。

私、いつからこんなにいやらしくなったんだろう。恥ずかしいのに、どっちも欲しい。

「今日は素直で可愛いね、さくら」

忍はうっとりと笑って、私の希望を叶えてくれた。

片方の乳首を指で挟んでくりくりと刺激しながら、もう片方をねっとりと舌で舐める。

たちまち、ぷくっと自己主張し始めた頂を口に含み、甘噛みしては舌で包む。

「っん……あ、っあ……」

待ち望んだ愛撫に、私の体は満足しつつも、更なる刺激を望んでいる。乱暴にされたいわけじゃないけど、もっと深く忍に愛されたい。

「あ、ん……っ」

もどかしく体を捩ると、忍がまた笑った。

「せっかく優しくしてあげてるのに」

確かに優しいのかもしれないけど、ひどく焦れったい。むしろ、もっと強い刺激が欲しいと思ってしまう。

「乱暴にしたら怒るくせに。我儘だな、さくらは」

そう言って、忍は指で刺激していた頂を強く押し潰し、舐め転がしていた方に歯を立てた。途端にぞくぞくした快感が全身を走り抜ける。

「んんっ、っあ……っあ！」

「さくらは、胸が弱いよね」

耳も弱いしと言いながら、彼は手を伸ばして私の耳に触れた。すっと撫でられるだけでびくんとしてしまう。

「ん……っ」

鎖骨の窪みに口づけられ、腰が揺れた。宥めるように、忍の手のひらが小さな乳房を包み込む。やわらかさを堪能するみたいに、軽く揉みしだかれ、私は息を殺しきれなくなる。

忍は唇を首筋に移し、肌の感触を楽しみつつきつく吸って赤い痕をつけていく。私が反射的に肩をすくめると、今度は肩口を甘噛みされた。

「……っ」

彼の指先がゆっくりと胸の周りを撫で、色づいた胸の先端に再び触れる。その瞬間、私の体が跳ね上がった。

「あ……っ」

「声、もっと出して」

笑いを含んだ声で呟いて、忍は先端を爪の先で弾いた。次いで乳房を押しつぶすように、指に力を込める。

「やだ……！」

「声が抑えられないように、してほしい？　さっきは、ゆっくりだったからね」

そう言いながら、忍は先端をねぶり、指で強く捏（こ）ねた。痛みにも似た快感が、私に声を上げさせる。

「ああっ！」

喉を思いきり仰（の）け反（ぞ）らせ、嬌声（きょうせい）を上げた。

「これは、感じる？」

充血し硬く敏感になった頂（いただき）に舌を絡（から）め、歯で扱（しご）くように優しく刺激する。絶（た）えず与えられる刺激が、更に私を追いつめていった。

両方の胸の先端を指と舌とで丹念に蹂躙（じゅうりん）しながら、忍は次々と愛撫（あいぶ）を施（ほどこ）していく。

「あ、や……やだぁ、ん……っ」

焦（じ）らすみたいな優しい愛撫（あいぶ）と、強い愛撫（あいぶ）に翻弄（ほんろう）され、私は背中を反（そ）らした。

「忍……っ」

知らず私の声は甘ったるくなり、肌はしっとりと汗ばんでいる。下腹部から腰の辺りに覚えのある疼（うず）きを感じ、私は胸元に顔を埋（うず）めている忍の髪をぐしゃぐしゃにした。

「……何？」

わかっているだろうに、知らないふりをする忍を、私は潤（うる）んだ視界で睨（にら）んだ。

「さくら。言わなきゃ、わからないよ？」

「……っ」

忍が僅(わず)かに体をずらし、私の乳房のすぐ下を痛いくらいに吸った。私の肌に所有の印(しるし)を増やしながら、彼は嬉しそうに笑う。

「さくらは、『嫌』しか言ってくれないから」

「わかってる、くせに……!」

腹部を舐(な)めつつ、腰から太腿にかけてのラインを撫でる忍の髪を、くいっ、と引っ張った。

「そうやって、仕種や態度で誘うのは、上手にできるようになったのにね」

揶揄(やゆ)するように言われて、私はカッと熱くなった。同時に、泣きたくなる。

「い、いい」

体を捩(よじ)って、忍から顔を隠す。先ほどまでとは違う涙が浮かんできた。

「さくら?」

「忍が……やなら、もう、いい。しなくて、いいから……」

いくら私がねだっても、誘っても、忍が嫌なら意味がない。無理に抱いてほしいわけじゃない。

「違……ああ、もう、くそ!」

すぐに忍の苛立った声がして、起き上がりかけていた私は再度ベッドに引き戻された。

そのまま、脚を割り開かれる。

急なことに咄嗟に反応できず、気づくと脚の付け根にキスされていた。

「嫌なわけないだろ。毎日だってしたいのに。我慢してる俺を、いつもさくらが煽るんだ。意地悪だってしたくもなる」

言い訳して、忍は太腿やふくらはぎを愛撫する。くすぐったくて、気持ちよくて、でも、知ってしまった、あの快感にはまだ遠い。

「……そんなの……、忍、教えてくれないじゃない……」

なんて言って誘えばいいのかなんて、わからないのに。

煽っていると言われても、意識してやっていることではなかった。私には、何をどうすればいいのかわからない。

「素直になればいいだけだ」

そう言って、忍は指と舌での愛撫を再開した。

私は、それっきり何も言ってくれない忍に不安になって、半分泣きながら声を上げた。

「……触って……」

「どこを?」

忍は更に問いを重ねてきた。意地悪だ。私の目からとうとう涙が溢れた。

「……忍……」

絶え間なく触れられ、感じさせられて、息も苦しいけれど。

「……どうしたら、いいの……？」

わからない。だってこんなこと、忍としかしたことなくて、まだ三回目だもの。

「……俺に、好きって言って」

「……忍が好き。忍でないと嫌」

「気持ちいいなら、我慢するのはなし。俺も、嫌だって言われたら傷つく」

「……うん。ごめんなさい」

するっと、忍の首に腕を回して引き寄せた。

「でも、その……恥ずかしいと、反射的に……言っちゃうの。それはわかって」

「さくらが本気で嫌がってないことはわかる。でも——」

「……そのあとで、ちゃんと気持ちいいって言うから」

私がお願いすると、忍は少し不満そうだけれど、頷いてくれた。

そして、そっと滑らせるように、私の秘所に指を這わせてくる。

「あ……んっ、いきな、り……っ」

「仲直り、だから」

「だからって……！」

淡い茂みは既に濡れていて、忍の指の動きを助ける。それが堪らなく恥ずかしいのに、更に花弁を開かれ、隙間を優しく撫でられた。すぐにとろりとした蜜が溢れ出てくるのが自分でもわかる。

「……さくらは感じやすい。すぐ濡れる」

くす、と笑いを含んだ声で囁き、耳朶を舐めながら甘噛みする。

「ぁ……っ」

直後、つぷり、と花弁を割って指が一本挿し込まれ小さく震えた。私の内襞はずっと待ちわびていた忍の指に絡みつき、きゅっと締めつける。

「……ここ、だったかな」

「や、んっ！」

私の弱い場所から、僅かに外れた部分を攻められる。それなのに、私の中から溢れた蜜が、忍の手を濡らしていった。

「あれ、違う？」

わざとらしく首を傾げて指を増やし、忍は私の中でばらばらに指を動かした。同時に空いた手で胸の頂を捏ねたり押し潰したりするものだから、私は喘ぎ声が抑えられなくなる。

「あ、や、や……っ！」

嬌声が悲鳴に近づいたところで、忍は中から指を引き抜いた。しかし、間髪を容れず、今度は秘所に顔を伏せ、綻びかけた花弁を剥いて花芽に口づける。

忍は、ふっくらと大きく熟れた蕾を優しく噛んで、割り広げた花弁の奥に尖らせた舌を挿し入れた。そうして、溢れ出る蜜を啜り上げる。

「やだ……やだ、忍、やだ……っ！」

嫌だ、と繰り返し首を振る私の秘所に、忍はより強い愛撫を加えてきた。襞のひとつひとつに蜜と唾液を塗り込めるようにされ、私は息をつくこともできない。

「さくら、嫌って言わない約束だよ」

「あ、っあ……、や、忍……ぁあんっ！」

忍の髪をぐしゃぐしゃにかき回しながら喘ぎ続ける自分の声が、聞いたことがないくらい甘くて恥ずかしい。

「……ふぁ、あ、…………っ！」

舌で何度も蕾を刺激され、私は声にならない悲鳴を上げて達した。

弛緩した私の脚に口づけた忍が身を起こす。

汗で濡れた私の前髪をかき上げ、現れた額にも口づけを落とした。優しいキスに、知らず私の顔に笑みが浮かぶ。

「……やだって……言った、のに……」

我ながら快楽の抜け切っていない声で、忍を甘く責める。

「私……忍と一緒が、よかった……」

すると忍が、優しく私の頬を撫でた。

「俺は、さくらのその顔が見たかったんだ」

そう言うと、彼が私の脚を抱え上げた。そして気を抜いていた私の秘所に、一気に自身を埋め込む。

「あ……ゃぁあっ！」

突然奥まで貫かれて鋭く叫んだ。反射的に溢れた涙が頬を伝ってシーツを濡らす。

「ぁ、あ、あ……ん……っ」

腰を掴んで緩く揺すられるだけで、背中を快感が走る。

灼けるような熱を内包し、私の体がわななく。あちこちに舌を這わせながら、忍は零れる吐息さえ逃すまいと唇を合わせてきた。

「あ……っあ、ぁん……あっ……ん」

「さくら……」

キスを止めて直接耳に吹き込まれる甘い声に、ぞくぞくする。ゆっくりとした律動が私の官能を刺激し、蕩けた内襞が忍を奥へ奥へと誘い込む。

対して忍は、ぐっと奥まで押し込んだかと思うと一気にギリギリまで引き抜き、今度は殊更ゆるりと進めたりする。その度に、私は甘く悦びの声を上げた。

「忍、……っ、あ、あぁ、ん……んぅ……っ」

濡れた水音と荒い息遣いが互いを煽り、際限なく行為に溺れさせる。

忍の熱い昂りを最奥まで捻じ込まれた瞬間、私は体を痙攣させ再び絶頂を迎えた。同時に、強く忍を締めつけてしまう。

「くっ……」

忍は奥歯を噛みしめ、ぐっと眉を寄せて何かに耐えている。

「ほんと……いやらしい体だな。まだ三回目だよ、セックスするの。なのに、こんなに……俺を悦ばせることを覚えちゃって」

息を乱しつつ、忍が色っぽい笑みを向けてきた。

「忍、だもん……」

私は、小さな声で反論する。

「私の体に色々教えたのは、全部忍だもの」

私がそう言った途端、忍はぐいと腰を突き上げた。

「ぁあんっ！」

たやすく快感が再燃して、私の意識より先に体が反応した。きつく、やわらかく、忍を包み込む。

「だから、そうやって男を煽ること……俺は教えてない！」

乱暴さと紙一重の激しい律動に、私の体が上下に揺さぶられる。深く中を抉り、最奥を突いて、忍は腰を使った。

「あ、……も、……やだ、……駄目、駄目っ……っ」

更に激しさを増していく動きにただただ翻弄される。強すぎる快楽から逃れようとする私の体を押さえ付け、忍がめちゃくちゃに突き上げてきた。

「や……ああぁっ！」

私が悲鳴を上げた瞬間、内襞がきゅうっと、きつく忍を締めつけた。

「――……っ！」

忍は低く呻き、今度は耐えることなく私の中に熱を放った。

＊＊＊＊

「……ん」

ベッドで、さくらが小さく身じろいだ。肌寒いのか、ブランケットを肩まで引き上げる。白い肌が隠れてしまってとても悔しい。今日が土曜日でよかった。会社は休みだから、俺もさくらもゆっくりできる。

「さくら。そろそろ起きて」

インルームダイニングのサービスのあるマンションは、こういう時に助かる。二人分の朝食を用意して、俺はさくらを起こした。昨夜出したクリーニングも、既に仕上がってきている。

「さくらの好きなポーチドエッグだよ」

「食べ、る……」

俺はそれほどでもないが、さくらはセックスのあとは疲れるらしい。とろんとした目で俺を見上げて、安心しきった笑みを浮かべた。——狼に、そういう笑顔を向けてはいけない。

「ダイニングで待ってる。着替え、そこに置いてあるから」

「忍」

「何?」

「……おはよう」

「うん、おはよう」

「……おはよう?」

もう一度繰り返して、さくらはダイニングに向かいかけた俺に手を伸ばす。

子供のような仕種は、甘えたい時のさくらの癖だ。

「料理、冷めるよ」

「あとで温めるから」

今、寒い。

そうねだられると、俺としては拒絶する理由はなくて。

ベッドに戻り、俺はブランケットにくるまったさくらを抱き締めた。そのまま、キスをする。

「……ん……」

まだ意識がはっきりしないらしく、さくらの舌はたどたどしく俺に応える。何度か角度を変えて口づけていると、さくらの目が覚めてきた。

「……っ」

目覚めて、いきなり羞恥心が戻ったらしい。ブランケットはずり落ちて、さくらの裸の腰から上が露わになっているし、ベッドに座った脚も一部覗いている。俺にとっては眼福以外の何物でもない。

逃げようとするさくらを組み敷いて、キスの合間に告げる。

「やめない」

俺が吐息まじりにそう言うと、さくらの長い睫毛が震えた。

「誘ったのはさくらだ。だから、やめてあげない」

さくらの耳元で囁くと、細い体が震える。俺に縋る手も、指先に力が入る。

「でも、朝、から……っ」

「朝から誘ったのはさくらだよ」

「ちが……寂しくて」

「何が違うの」

「起きた時、忍が傍にいなかったから……寂しかったの」

　起きるまでは傍にいてと言う女は重い、と何かの雑誌で見たことがあったが、あれは嘘だな。可愛いだけじゃないか。

「ごめん。次からはそうする。さくらが起きるまで傍にいるよ」

「……べ、別に、忙しい時はいいの。ご飯の支度してくれたし」

「うん。でも、さくらは寂しかったんだよね？」

　俺の言葉に、さくらは逡巡(しゅんじゅん)してから小さく頷いた。クソ可愛い。このままセックスしたい。

　だけど、俺達にはやることがある。分家会、野宮家への対応。

　それを済ませるまでは我慢する。万一にも、さくらを傷つけられないように。

　すべて終わったら——さくらに関して我慢？　何だそれ、俺の知らない言葉だ。

8

マンションが売りにしているだけあって、朝食はなかなか美味だった。さくらは半分くらい残していたけれど、おそらく疲れている為だろう。甘いデザートはしっかり食べていたから。

「さくらには、どこまで話していたかな。野宮や分家会のこと」

俺とさくらはリビングで隣り合って座り、話し始めた。

「忍が嵌められたことは聞いた」

「……まあ、それはそうなんだけど」

いきなり、思い出したくない失態を抉られた。だが本当なので仕方がない。

「野宮の目的は俺。正確には、本家の一員になることかな。野宮紫を俺の、本家の奥様にしたいらしい」

「紫さんは忍のことが好きなの？　それとも鷹条の財産？」

「どっちでもないんだ、野宮は」

財産はいらない――とまでは言わないが、それが第一でもないだろう。鷹条本家の名前が欲しいんだから。

「よくわからない」

「野宮は、勲功華族なんだ。元々公家だった家より少し格が落ちる。そこに鷹条の庶子が嫁いだことで、分家会入りした。今も昔も、分家には本家に対する強い憧れがあるみたいだ。野宮も同様で、昔なら桃子おばさん、今は俺。その配偶者になって、本家の姻戚になりたい」

さくらは、首を傾げて考え込んでいる。俺もだが、「持って生まれた」者にはわからない感覚なのだろう。……どのみち俺達には、野宮の執念を正しく理解することはできないのかもしれない。

「それで、ひいおじいさまが倒れたのを好機と見て、俺の婚約について口を出してきた。本来、分家会ごときが口を挟めることじゃないんだけどね。おじいさまでさえ、ひいおじいさまの言葉には逆らわないんだから」

「うん」

「けど、野宮には俺、というかひいおばあさまに似た紫がいた。そして、俺達が婚約する切っ掛けとなったのはひいおじいさまの望み。それらを利用して、野宮がひいおじいさまの言葉を捏造したのなら——さくら。分家会は、鷹条本家を欺いたことになる」

なら、受けて立つまでだ。

俺はさくらの髪を梳いた。セットしていない、ゆるく癖のある髪はやわらかくて手触りがいい。

「しかも、さくらに向かって、『愛人になればいい』と暴言を吐いた」

そう言った途端、さくらが驚いたように目を見開いた。

「どうして、それを……」

野宮紫について調査させた者達から、詳細な報告が上がってきている。もちろん、さくらに言った言葉の数々もすべて。

「……さくらを侮辱し、傷つけた相手を俺は許さない。女だろうが関係なく、徹底的に潰す」

内心の激情を綺麗に隠して、俺はさくらに優しく微笑む。

「忍」

俺と違って本当に優しいさくらは、咎（とが）めるように俺の名前を呼んだ。

「さくらならどうする？　俺が、誰かに愛人になれって言われたら」

「……殴る」

意外に攻撃的だ。

「殴ったら駄目だよ。さくらの手が傷つく」

殴りはしないが――野宮紫をはじめとした、野宮の一族は俺が潰す。

「さくらを泣かせる者は誰であっても許さない。俺、そう約束したよね？」

幼い日の婚約の時、「なにものからもまもります」みたいなことを言った記憶がある。

そのさくらに、愛人になれだと？　しかも、さくらを差し置いて野宮紫、おまえが俺の妻に収まる？　あり得なさすぎて笑ってしまう。

「鷹条本家を継ぐ者として、本家の害になるものは、小さな芽でも摘んでおく必要がある」

冷酷な「次期様」の仮面を付ける。さくらにはあまり見せたくない顔だが、仕方ない。

「そして、俺はさくらを貶めた奴を許さない」

それが俺の本心だ。さくらはそんな俺を見て諦めたみたいに溜息をつく。

「……やりすぎないでね」

そして、ことんと俺の肩に頭をのせて微笑んだ。

土日はさくらと過ごし、英気を養って迎えた月曜日。

寝不足気味らしく尖った声のジェイから電話があった。

『全部揃った。USBに入れて送ったから見とけ。印刷、すごい枚数になるぞ』

あのジェイが、遊び以外で寝不足になるなんてよっぽどのことだ。相当頑張ってくれたらしい。

早速、ジェイから届いたUSBの中身を印刷し、その内容に俺は笑いが止まらなくなった。

ジェイとダヴィには、いつかさくらに会わせてやると約束した。人見知りなさくらだが、あの二人なら大丈夫だと俺の勘が告げている。

俺は、プリントアウトした資料をデスクに広げた。滝上が、クリップで留められたそれを確認しては笑みを噛み殺している。我が秘書ながら、いい性格だ。

「滝上。準備ができた、動くぞ」

「はい、次期様」

「分家会は、野宮は策を誤った。ここからは――ご希望どおり、鷹条本家の力を見せつけてやる」

「御意」

俺は父に電話した。数コールで出たのは、プライベート用だからだろう。

『忍か？　どうした？』

「これから、野宮への制裁を始めます」

『父さんから話は聞いているが……制裁とは穏やかじゃないな……』

「俺の女に、『愛人にでもなったら？』なんてほざきやがった。分家ごときが、本家を――俺のさくらを侮辱した。――あの女、絶対に許さない」

『……桜子ちゃんに？』

さくら以外に俺の女はいない。

「大学時代の友人達に協力してもらって、野宮の悪事を山ほど見つけてもらった。証拠も揃ってる」

『……徹底的にやりなさい。父さんには私から報告しておく』

冷ややかな声で父が許可をくれた。幼馴染(おさななじみ)の俺達は、双方の両親にも可愛がられている。父からすれば、娘同然の、そしていずれ嫁になるさくらが「愛人になれ」などと貶(おとし)められたわけだから、怒るのは当然だ。

「滝上」

「はい」

「——野宮親子に、招待状を出せ。場所は——東山の本家だ」

「……ご本家に、ですか」

滝上が片眉を上げた。京都にわざわざ招くのかと言いたいのだろう。だが、野宮が「鷹条本家」に執着しているのなら、京都の本家に憧れているはずだ。

「その方が効果的だろうからな」

そう言って、俺はジェイ達が送ってくれた書類を見た。その書類の山に、滝上がニヤリと笑う。

「これを精査するのは私の役目ですね。次期様、しばらくお預かりいたします」

「ああ、徹底的にな」

「御意」

＊＊＊＊＊

――一ヶ月後。季節はいつしか夏に変わっていた。

紫さんと会った直後から、忍のマンションで同棲を始めた私達。でも表面上は、これまでと変わらない生活を続けていた。忍は庶務課に来ては「さくら、疲れた」と、私の隣でしばらく過ごして専務室に戻って行く。その様子に、何かを察したらしい葉子さんと玲奈さんは、何も聞かずに、忍を私の隣で寛がせている。そんな二人に対して、忍は「庶務課はいいところだね」と微笑んだ。

そう。いいところだし、いい人達なの。

私は、忍のマンションと会社を往復する合間に、曾祖父のお見舞いを続けていた。相変わらず目を覚まさないけれど、容態は安定している。

忍はといえば、仕事が忙しいようで不在にすることも多い。

野宮家と分家会に対して「徹底的にやる」と決めた忍は、滝上さんや、おじさま方と頻繁に電話をしている。そういう時は、私はそっと離れることにしていた。でも大抵、電話が終わったあと、忍は私の部屋に来て一緒に過ごすのが常なのだが。

そうして迎えた七月の初め――ついにその日がやって来た。

私は事前に忍から指示されたとおり、野宮紫さんとお母様の美代子さんを、東山の本家邸宅で出迎える。今日の装いは、祖母から譲り受けた振袖。何とも美しい戦闘服だ。

桜色の四季花熨斗文様の振袖に、銀の絽の帯。帯留めは、直径二センチはあろうかという南洋真珠である。怖くてお値段が聞けない。

先に本邸に入り、澄子さん達に着つけてもらった。祖母の一番のお気に入りだったという帯や帯留めは、今では絶対手に入らない高価な代物らしい。

「お久しぶりです、紫さん」

玄関で出迎えたのが私一人とあって、二人は怪訝な表情を浮かべている。本来、一緒に出迎える澄子さん達使用人には、忍から「出迎えは不要」と言ってあった。

上段に佇んだ私の着物を見た紫さんが、一瞬悔しそうに唇を噛んだ。同じ薄紅の振袖ではあるけれど、私の着物の方が格が上なのは一目瞭然だ。呉服屋さんからも「絶対に手放したらあきまへん」と言われている。

――ありがとう、おばあちゃん。初手は私の完勝です。

「本日は、お招きありがとうございます。――こちらに伺うのは、初めてですわ。ご当主様の許可がないと入れませんから、何度も断られましたの。ね、お母様」

派手な黄色の訪問着を着た美代子さんが答える前に、私はくすっと笑ってみせた。

「まあ、そうだったんですね。私はよく訪ねるのですけど……断られることがあるなんて知りませんでした。紫さん達のご希望が叶ったのなら、よかったです」

途端に、紫さんの綺麗な眉がぴくりと引き攣った。美代子さんに至っては露骨に私を睨んでいる。

……忍の指示どおりに言っただけなんだけど、いやな奴だわ、あいつ。

「どうぞ、こちらに」

私は「勝手知ったる屋敷」とばかりに、自分で紫さん達を応接室に案内する。ちなみに案内した応接室は、来客用としてはかなり格下の部屋だ。彼女達のような人はそのことに気づくのではと思ったけれど、忍曰く、それでいいのだそうだ。

当然ながら、部屋を見た紫さん達は明らかにムッとした表情を見せる。

私はそれに気づかないふりをしてソファーに座り、野宮さん親子に着席を促した。そして、あらかじめセッティングされている茶器を示す。

「お飲み物は紅茶、でしたよね？　――どうぞ」

「……ありがとうございます」

私が上座に座るのも、先に用意されていた茶器も、すべて忍の指示だ。重ねて言おう、やな奴だ。

小さく息を吐いて気持ちを落ち着かせた私は、まずは自分の目的を果たす。

「実は――紫さんに、直接お伝えしたいことがあって、先にお時間をいただいたんです」

「私に？　何でしょう？」

「こちらですが」

私が小物入れから取り出したのは、祖母が忍から受け取った例の指輪をリフォームしたものだ。大粒のブルーダイヤの周りを小粒のダイヤが囲み、華やかだがすっきりしたデザインになっている。

「……っ！」

息を呑んで、二人が身を乗り出してきた。祖母曰く「売れば億どころではありませんからね」という代物だし、何より「次期当主夫人」しか身に付けられない指輪だ。忍の妻の座を狙う野宮さん達にとっては喉から手が出るほど、手に入れたい物だろう。

「紫さん。あなたにこれは、差し上げられません」

そう言って、私は箱から指輪を取り出し——自分の左手の薬指に嵌めた。ちなみに、リフォーム後、約束どおり最初に忍が「婚約者として」左の薬指に嵌めてひとしきり「似合ってる、可愛い」と喜んでいた。

ぴったりと嵌まった指輪を見て、紫さんがはっきりと私を睨みつけ、美代子さんはわなわなと震えている。何故なら、既にこの指輪が私のものになっているということだからだ。

「これは私のものです。私が、忍にもらった指輪です」

「大人しそうな顔をして！　落ちぶれた家の者の分際で――！」

「お母様！」

ソファーから立ち上がり私を罵倒する美代子さんを、紫さんが慌てて止める。

そこへ、ゆっくりと忍が姿を現した。

絶妙なタイミングで登場した忍に肩の力を抜きつつ、私は立ち上がって彼の隣に移動する。

「お久しぶりです、野宮家の御二方」

「し、忍様……」

紫さんは警戒するような瞳を向けてくる。けれど、美代子さんの方は希望を見出したとばかりに忍の名を呼んだ。

忍は、冷え切った表情のまま私を抱き寄せ、口を開く。

「よくもまあ、次から次へと俺を怒らせることができると、感心しますよ」

そして、私を促しながら、ゆったりとソファーに座り、長い脚を組んだ。

忍の言葉は、私への暴言についてだろう。隣室に控えていた忍には、私達のやり取りが最初から聞こえていたはずだから。

「忍さ……」

美代子さんの言葉を途中で遮り、忍が冷たく言った。

「あなたに名前で呼ぶことを許した覚えはありませんが、分家の野宮さん」

「……なっ！」

「鷹条でも、次期様でも、お好きなように」

忍は相手が着席するのを待ってから、厳しい口調で詰問し始める。

「以前俺は、桜子以外と結婚するつもりはないと言いました。従って、俺が紫さん、あなたと結婚することはありません。……あなたは、何を根拠に桜子を貶めたんです？」

「貶める、とは……？」

「正式に婚約している相手に愛人になれとは、随分と侮辱してくれましたね」

戸惑った様子だった紫さんが、一気に顔色をなくした。

「し、忍様を侮辱したわけでは……！」

「つまり、桜子を侮辱したということですね。――滝上。記録しろ」

控えていた滝上さんに低く命じて、忍は野宮さん親子に感情を感じさせない視線を向けた。

「近々、俺と桜子は正式に婚約を発表します。曾祖父の容態が回復したら、すぐに挙式となるでしょう。ですが、分家会からは、誰も招待するつもりはありません。身内とごく親しい友人だけで行います」

「それは……っ！」

「幸い、俺は跡取りではありますが、まだ当主ではありません。だから、身内だけの式でも特に問題はない。当主である祖父がそう判断しました。もし本来どおりの式となれば、とんでもない規模になりますからね」

忍がそこまで言った時、紫さんが立ち上がった。あとを追うように、美代子さんも席を立つ。

「私、失礼します！　忍様がそんなお考えだったなんて、このことは分家会にも……」

「誰が帰っていいと言った。話はここからだ」

底冷えのする声で告げた忍は、絶対君主のような雰囲気で目の前の二人を見つめた。

そのたった一言で、野宮さん達の表情が凍りつく。

「ゆ、紫」

「わ、私、何も……」

私でも、滅多に見ない鷹条本家「次期様」としての忍の顔。紫さんは気丈に振る舞っているけれど、美代子さんの方はガタガタと震えていた。

忍は絶対零度のオーラを纏（まと）い、野宮親子を威圧する。言葉もなく圧倒された二人は、崩れ落ちるようにソファーに座った。

「俺はね、野宮さん。これでもかなり寛大な方なんです。そう、たとえば、あなた方や分家会が勝手に鷹条の名を使って従業員を脅したり、取引先に圧力をかけて有利な契約や取引を結んだりしても、放っておきましたし」

忍が口を開く度に、野宮さん親子は驚愕の表情を浮かべていく。

「親族で会社の裏帳簿を作り、背任行為を繰り返していても。そして——桜子の父親、櫂都さんをいずれリストラしようとしていても、法に任せればいいと思ってました」

そこで忍は、無表情を崩し、くっと皮肉げに笑った。

「道理で俺は、櫂都さんの会社を買収できなかったはずだ。……今まで脅しをかけて、同業社を潰してきた『鷹条』が、急に『友好的買収に応じませんか』なんて言ってきたところで、相手は警戒するに決まっている」

「いったい……何を証拠に、そんな根も葉もないことをおっしゃるのか……」

「ああ、演技はいりません。既に証拠は揃えてあります。だが、俺にとっては、そんなことはどうでもいいことなんですよ。所詮、野宮家は鷹条の分家でしかない。鷹条本家が本気を出せば一日で潰せるあなた方が、小さなところで何をしていようと、俺にとっては些事でしかない」

そう冷ややかに言って、忍は目の前の二人を見据えた。

「だが——野宮紫さん。俺には、絶対に許せないことがあるんです」

名指しされた紫さんが、喉の奥でくぐもった悲鳴を上げる。

「……さくらを侮辱し、傷つけた以上――俺の逆鱗に触れた以上、ただで済ませるつもりはない」

低い声は、私が聞いたことのあるどんな声よりも冷たく響いた。謝罪も言い訳も許さない忍の声に、私は息を呑む。事前に聞かされてはいたけれど、忍は本気で怒っているのだ。

「……野宮さん。俺は鷹条本家の跡取りとして、桜子を侮辱したあなた方を許さない」

「こ、婚約もまだの方を、次期当主夫人として扱えと……」

屈辱の為か、美代子さんが忍に反論する。

「口を慎め。七瀬桜子は俺の婚約者だ。二十年前からずっと。もし文句があるなら、現当主である祖父に直談判すればいい」

反論の言葉を封じられた美代子さんへ、忍は冷酷な声で命じる。

「野宮は、今後一切鷹条の名を使うことを禁じる。もし無断で鷹条を名乗った場合は、法的に対処させていただく」

これには圭一郎おじさまの許可も取っているそうだ。「本家の名を貶めた分も請求すると言え」とまで言っていた。

「勝手に、だなんて。私達が鷹条家の分家なのは事実で――」

何とか口を開いた美代子さんの言葉を、忍は一蹴した。

「あくまで分家だ。鷹条じゃない。しかもあなたは、ただの分家の嫁でしかない」

最後の一言は、私がさっき言われたことへの仕返しだろう……

私は気づかれないように溜息をついて、忍を窘める。

「……忍」

ちらりと私を見た忍は、口元に笑みを浮かべた。

「桜子と違い、あなた方には『鷹条本家』の血は流れてない」

挑発するように嗤って、忍は傍に控えていた滝上さんから書類を受け取った。それをバサバサとテーブルの上に広げる。

「野宮製鉄」「鷹条商事　経理」といったタイトルのついた書類を、何気なく見て目を見開いた。

ぱっと見ただけでも、あきらかに数字がおかしい。少なくとも、鷹条商事と野宮製鉄の取引額が異常な金額に改ざんされていることは間違いなかった。

「忍……これ……」

私と同じタイミングで、書類の内容に気づいた野宮家の二人は、悲鳴を上げて書類に手を伸ばす。しかし、その動きを滝上さんが止めた。

「あなた方がそうしたように、メディアにばら撒きましょうか？　それとも、今ならＳＮＳの方が速いかな？」

絶句して立ち尽くす紫さんと美代子さんは、明らかに顔色を無くしている。その様子から、この書類が表に出てはまずいものなのだと伝わってきた。

「ああ、それから武蔵野の屋敷……セキュリティ会社のひとつが野宮の系列だったそうですね。屋敷内の様子を盗聴盗撮したことについては、曾祖父の意識が戻り次第、しかるべき対応をさせてもらいます。——そのセキュリティ会社は……まあ、なくなった会社のことはどうでもいいですね」

私は驚いて忍を見つめる。武蔵野の屋敷が盗聴盗撮って……!?

「俺に喧嘩を売った以上、それなりの覚悟はできているはずだな？」

野宮さん親子は、呆然としていた。

そんな二人に、忍は口調を最初の頃のものに戻して、部屋の入口を指し示す。

「どうぞ、紫さん、美代子さん。お帰りはあちらです。至急お父上と話し合いを持つ必要があるでしょう？　分家会の勢力図も変わりそうですし」

「……しのぶ、さま……」

「分家会の勢力図」と聞いた紫さんは、我に返ったように私と忍を見た。何かを測るようにした次の瞬間、紫さんは私に向かって深々と頭を下げた。

「桜子様、申し訳ありませんでした」

「え……」

　あまりの変わり身の早さに、忍も驚いている。

「これまでの、桜子様に対する数々の無礼、心よりお詫び申し上げます。……お母様も、早くお詫びして！」

「紫？」

「忍様がお怒りになった直接の原因は、私とお母様が桜子様を侮辱したこと。忍様の絶対に許せないことは、桜子様に関することなのよ！　……まだ、おわかりにならないの」

　逆鱗に触れたのは自分だけれど、と小さく呟いて母親を叱咤する。更に深く頭を下げる紫さんを見て、美代子さんも謝罪する。

「……申し訳もないことでございます」

　ピンと張りつめた空気の中、忍の冷たい声が響いた。

「その、言葉だけの謝罪を、俺に信じろと？」

　忍はどこまでも尊大だ。それは、ほんの少し妥協しただけでも、足をすくわれる世界で生きてきたからだろう。

「桜子様には、本当に申し訳ないことをいたしました。これ以後は決して、分家の分を越えた行いはいたしません。分家会も、できる限り私どもで抑えます」

　美代子さんの言葉を、忍は一笑に付した。

「そんなもの必要ない。桜子を傷つけたら潰す。それで済む話だ」

今までは興味がなかっただけだと匂わせて、忍は野宮さん親子の謝罪を受け入れない。

私が気を揉みながら見ていると、紫さんが私にもう一度頭を下げた。

「桜子様。このようなお願いは、筋違いと百も承知しておりますが、恥を忍んで申し上げます。……どうかお許しくださいませ」

私に頭を下げる紫さんを見て、改めて思った。この人は頭がいい。私の言葉なら、忍が聞き入れるとわかっている。その上で、忍を宥めてくれと、私に言っているのだ。

小さな舌打ちが聞こえて隣を見ると、忍がじっと私を見ている。凪いだ綺麗な瞳に、私が映っている。

「……さくらが決めていい」

その言葉に頷きを返し、私は紫さんに向き直った。

「私は、忍と結婚します。でもいつか、分家会にも認めてもらえるように努力します。それを待っていただけますか？」

「はい……お待ちいたします」

私のお願いに対し、紫さんが丁寧にお辞儀をした。それにより、一応は「和解」が成立したことになる。それを見届けた忍が、不本意そうに口を開いた。

「桜子に免じて、今回だけだ。国税や検察には報告しなくてはならないから、その対応への猶予くらいは与える。だが、次は——予告なく、全力で潰す」

さすがに国相手の脱法だもの。無罪放免にはできない。

「喧嘩を売るなら、相手をよく確認することだ。あなた方が喧嘩を売ったのは桜子じゃない。俺だ」

忍は、ダメ押しとばかりに釘を刺した。

「……肝に銘じます。決して、次がないように」

そのまま部屋から出ていこうとした紫さんに、私は思わず声をかけた。

「紫さん」

不思議そうに振り向いた綺麗な人に、私は立ち上がって頭を下げる。

「未熟な私を叱咤してくれたこと、感謝してます」

「さくら？」

忍が、怪訝そうに眉を寄せた。そんな彼に微笑んで告げる。

「だって本当のことだもの。……紫さんの言葉があったおかげで、私は大切なことに気づけたから。だから……お礼を言っておきたかったの」

再び紫さんの方を見た私に、彼女は大仰な溜息をついた。

「……そういうところ」

「え？」

「……桜子様のそういうところ、いい子すぎて腹が立ちます」

だけど、と紫さんはすぐに言葉を継いだ。

「忍様のような方には、お似合いですわ」

そう言って悪戯っぽく笑うと、紫さんは項垂れた美代子さんの背を押して、部屋から出て行った。

二人の背を見送った私は、くるりと忍を振り返る。

「ちょっと脅かしすぎだと思うんだけど」

「脅しじゃない。俺はさくらに関してはいつだって本気だ。さくらが止めなきゃ、本当に潰す気だった。準備もしてたし」

私が言い終わるより先に、忍は言いきった。こういう口調の時は、私のお願いはあまり聞き入れてもらえない。

「……忍」

「前にも言ったけど、俺はさくら以外には優しくない。俺の世界には、さくらだけがいればいい。だから……」

そして忍は、驚くべきことを口にした。

――もし鷹条がさくらを傷つけるなら……俺は、鷹条も潰す。

彼の本気を感じて、私は息を呑んだ。

忍は鷹条の跡取りだ。その肩に、何十万――何百万という人の生活がかかっている。その忍の世界が、私だけでいいなんて駄目だ。忍は、もっと広い世界を見て、もっとたくさんの人と触れ合って、もっといろんな幸せを知る必要がある。

初めて会った頃の私達は、二人だけの箱庭のような世界にいた。

曾祖父に庇護(ひご)された、美しい箱庭。そこには何の憂いもなく、誰からも邪魔されることはなかったから、私達はただ無邪気に過ごしていられた。

――でも私達は、もう箱庭にいる子供じゃない。

箱庭を出て、外の世界を受け入れながら、生きていかなくてはいけないのだ。

だから、忍の世界を「私」で閉ざしてしまうことはできなかった。

忍の気持ちは嬉しい。執着だろうとヤンデレだろうと、好きな人に想われて嬉しくない人間はいないだろう。でも、そこで完結させてはいけないのだ。

「忍。私も……忍だけでいいよ。忍だけが好きだよ。でもね」

私はゆっくりとソファーに座って、忍と目線を合わせる。

「私達の世界にいるのは、私達だけじゃないでしょ。ひいおじいさまや、おじさま達、おばさま達――それからおばあちゃん、お父さんとお母さん。葉子さんと玲奈さん。滝上さん……」

優しい人達。私達にとって、大切な人達がたくさんいる。

「それを全部いらないって言えちゃう忍は、私の好きな忍じゃない」

「……」

忍の綺麗な瞳が揺れている。それは、自分の感情に戸惑った時の癖だ。

「ねえ。本当に私だけ？　私以外は好きじゃない？　忍にとって大切な人はいない？」

「……いなく……ない」

「そうだよね。私達は、優しい人達に、大好きな人達に守られてきたよね」

「……ああ。……でも俺は、さくらしか……」

私は、忍の頬をぺちりと叩いた。

「……さく、ら？」

「意地っ張り。私は、私以外の人も好きな忍でいいの。私だけを好きでないと駄目なんて、言ったりしない」

私は笑って、叩いてしまった忍の頬にキスをした。

「だから忍が、私の為に鷹条を否定しないで」

吐息がかかるほど間近で、忍と見つめ合う。

「忍はいつも私を守ってくれた。助けてくれた。それは、忍一人でやったこと？」

「……違う」

私は忍の手を取った。

「忍は、鷹条の家が好きでしょう？　おじさま達、おばさま達が好きでしょ？」

「……着せ替え人形にされてたから、母さん達にはあまりいい思い出がない……」

私と一緒に七五三のお振袖を着た忍は、確かにものすごく可愛かった。それを思い出し、私はくすくすと笑う。忍と私には、鷹条の人達との幸せな思い出がたくさんある。

「忍には、私の為に鷹条を潰すんじゃなくて……鷹条を守ってほしい。私は、ずっと忍の傍にいる。……一緒に頑張るから」

そんな心からのお願いに、忍は優しく笑ってくれた。そして、そっと私を抱き締めてくれる。

忍の腕の中で、私は甘えるように身を委ねた。

「鷹条の本を読んでいるうちに、気づいたの。名前が残っていても、いなくても、そこにはちゃんと、その時の当主にとって必要な人がいたんだって」

そしてきっと――ううん、絶対に、忍は私を必要としてくれている。

「それでね、考えてみたの。私にできること、したいことは何か――たぶんそれは、忍にふさわしいとかふさわしくないとかじゃないの」

私の言葉に、忍がじっと耳を傾けてくれているのを感じる。そんな彼への堪らない愛しさが込み上げてきた。その想いのままに、私はぎゅっと忍を抱き締める。

「私は、忍を幸せにしたい。すごく単純だけど、私にしかできないって自信を持って言える。それに気づけたのは、悔しいけど紫さんの言葉が切っ掛けだった。それから葉子さんと、玲奈さん。……ね？　みんながいてくれたから、励ましてくれたから、私は今、忍のことが好きって胸を張って言えるの」

私はもう、自分を卑下しない。

「それに……」

さすがに少し恥ずかしくなって、忍の胸に顔を埋める。

「……私も、鷹条になるんだもの」

私を抱く忍が、小さく震えた気がした。直後、全力で抱き締められる。

「俺、絶対にさくらと鷹条を守るから」

まるで誓いの言葉みたいに、忍の優しい声が胸に響いた。私は幸せを噛み締めながら、忍の顔を見上げる。

「忍の世界は、まだまだ狭いね」

「今のところ、さくらだけだからね」

「そのうち増えると思うよ。子供とか。孫とか」

私がそう言うと、忍は嬉しそうに笑った。

「私の世界もね、実は結構狭いの。華陽の頃の友達とは、もうほとんど会ってないし」

「俺は……学生の頃の友達にはあんまり会いたくないかな……」

この期に及んで、忍はまだそんなことを言っている。

「少しずつ、世界を広げていこう?」

未知のものへの怖さはある。生来、私は怖がりなのだ。だけど、忍が一緒にいてくれるなら、大丈夫だと笑って言える。

「わかった。でもその前に」

忍は、私を真正面から見た。

「俺の世界をさくらで、さくらの世界を俺でいっぱいにさせて」

そう言って、忍は優しく深いキスをしてくれた。


——野宮の一件に片が付いた、その夜。

曾祖父が意識を取り戻した。そして、開口一番「玄孫はどこだ!」と叫んだらしい。

……お元気なことで、何よりですよ、ひいおじいさま。

未だ私と忍の婚約が公表されていないことを知った曾祖父は、すぐに祖母と圭一郎おじさまを呼びつけて、私達の婚約を公表することと結婚式の手配を命じたのだとか。

「わしはまたいつ倒れるかわからんのだぞ! 玄孫を見ずに死ねというのか!」

自分の年齢と倒れたことを武器にするとは、年の功は侮れない。

その結果、私と忍は結婚式の準備に追われることになり、恋人らしい時間の捻出に苦労する羽目になったのだった。

9

——これは何ですか、忍くん。

忍のマンションのリビングで、私はそう言いたいのをぐっと堪えている。

手にあるのは、野宮紫さんから送られてきた経済雑誌。世界のセレブを特集した記事の中に、綺麗な女の人に囲まれている忍がいた。

ご丁寧にページに付箋まで付けていただいていて、お心遣いに感謝だわ。

今日は、久しぶりに忍とデートの約束をしていた。

最近、仕事や結婚式の準備でお互いに忙しく、なかなか二人の時間が作れなかったから、すごく楽しみにしてたのに。

出かける直前に届いたこれのおかげで、私の機嫌は急降下してしまった。

デートもそこそこに家に帰ると言った私に、忍はかなりうろたえている。

……もう、先に寝ちゃおうかな。

忍は現在入浴中。久しぶりだし、彼はその気かもしれないけど、私はそんな気分じゃなくなったし。

忍のマンションは馬鹿馬鹿しいほど広く、どの部屋も最低限の家具は揃っている。私達のベッドルームの他にも、ベッドのある部屋はあるのだ。

うん。今日はゲストルームで寝よう、そうしよう。

そう決めると、先に入浴を済ませていた私は、忍のベッドの上に例の雑誌のページを開いて置き、さっさとゲストルームに籠って鍵をかける。よし、これで忍は入ってこられないわ。

……ゲストルームだというのに、十五畳はありそうな部屋。大きなベッド。サイドテーブルに鞄を置き、明日の着替えをクローゼットに収めて、私はベッドに潜り込んだ。

肌触りのいいシーツはひんやりしている。

……忍のマンションで、一人で寝るのは初めてだ。

そのまま眠ろうとしたけれど——駄目だ、腹が立って眠れない。

雑誌を送ってきた紫さんの意図はわかっている。「奥様は、こういうことも笑って流せないと駄目なんですよ」という親切な嫌がらせだ。

忍は鷹条家の跡取りだし、実業家でもある。ああいう綺麗な女性達とのお付き合いは、仕事の一環だ。そんなことは、ちゃんとわかっている。

……わかってても、好きな人が他の女の人に笑いかけるのは嫌なのだ。

このままだと忍に八つ当たりしそうだから、今日はクールダウンの為にも離れてた方がいい。

「さくら？　さくら、どこ？」

お風呂から出たのか、私を探す忍の声が聞こえてきた。

たぶん、リビングに私がいないから探しているのだろう。そしてベッドルームに入った忍は、私の置いた雑誌を発見したらしい。「さくら！」と切羽詰まったような声が聞こえてきた。

「さくら、ここにいるんだろ？」

すぐに、ゲストルームのドアが外から叩かれる。

……何故バレた。

「さくら、誤解しないでほしいんだ、あの写真は……」

ガチッという頑丈な鍵の音がして、忍の声を遮断した。

「聞かない。知らない。私、今日はここで寝る」

「さくら！」

二週間ぶりだよ、と泣きを入れてきたけれど、知るもんですか。

「そもそもどうしてこの部屋だってわかったのよ」

「さくらのスマホに、居場所通知のアプリを入れてあるから」

　さらりと答えが返ってきた。

「…………は？」

　私は急いでスマホをタッチし、アプリを削除しようとした。けれど、それらしいアイコンが全然見つからない。え、もしかして、こっそり潜ませてるの、何それ怖いんですけど。

「さくら、言い訳はしないから説明させて」

「断れないお付き合いのパーティーで歓待されたんでしょ。若い男に美人をあてがうのは普通だもの」

「そうだけど……ならどうしてさくらは怒ってるの」

「うるさい！　怒ってないってば、忍の馬鹿!!」

「……さくら」

　忍の声のトーンが少し甘くなる。——私が我儘を言ったりした時の、甘やかす声だ。

「怒ってないけど、嫌なんだよね？　ごめん、俺が悪かった。だから、ここを開けて？」

　逆に甘えるように言われて、つい従ってしまいそうになる。私はベッドの上で布団をかぶって丸くなった。聞こえない。聞きたくない。

「さくら」

だからそんな声で呼ばないで。私だけが好き、他はいらないって言ってるみたいな声で呼ばないで。

「……さくら、言うこと聞いてくれないと、ここ、ブチ破るよ？」

甘い雰囲気が、いきなり物騒になった。

「部屋のドアくらい、ぶっ壊せるからね？」

忍は、有言実行の人だ。私が鍵を開けなければ、本当にドアを破壊する。

破壊行動を許すわけにもいかず、私はもそもそとベッドから這い出て、おそらくふくれっ面でドアの鍵を開けた。カチリという音と同時にドアが開いて、忍がするりと入ってくる。

「……さくら」

綺麗な唇から甘い言葉を紡がれるより先に、私は自分から忍にキスをした。

私からなんて、数えるほどしかしたことがない。きょとんとした忍の顔が、何だかおかしかった。

「……本当に、怒ってない。怒ってるけど、怒ってない」

「さくら？」

忍が私の顔を覗き込んでくる。

「忍の傍にいる女の人に嫉妬はするけど、忍に怒ってはないの。でも、忍があんな状態に置かれたことには怒ってるの」

私の言い分はめちゃくちゃかもしれない。

でも、本当に嫉妬はしているが、忍に怒ってはいないのだ。まあ、そういう状況にした先方に腹を立ててはいるのだけれど、あちらだって悪意があったわけではないはずだし。忍が婚約して間もないと知っていたとしても、ああした歓待は、当たり前のことなのだから。

要は、私の心が狭いだけなのだ。——忍への独占欲が強くなっている気がする。

反省しつつ、忍から離れた私に、今度は忍がキスをしてきた。いきなり深く舌を挿し込まれ、びくりと震えた隙に抱き上げられる。

「ん……っ」

激しいキスを繰り返しながら、忍は器用にドアを開け、大股で歩く——忍のベッドルームに向かって。

「……っ」

何度も愛し合ったベッドに横たえられた私が息を漏らすと、忍は少し苦く笑った。

「——さくらが眠っていいのは、俺の傍だけだ」

そう言うと、またキスをしてきた。貪るように深く、激しく。

濡れた忍の髪から微かにシャンプーの香りがして、私の意識が僅かに逸れた。その一瞬で、剥ぎ取るように服の前をはだけられた。あっという間に胸からナイトブラを外されて、零れた乳房に忍の手が這う。

彼の手で快楽を教え込まれた体が震える。肌にキスを落とし薄く痕を残しながら、ゆっくりと体に触れる手は優しい。

「……ん、……っ」

「やわらかい」

「硬いわけ、ないでしょ……っ」

脂肪の塊なんだからと言った私に、忍は声を立てて笑った。

「でも、太った男の胸に欲情する男はあんまりいないと思う」

俺はさくらの体だから欲情する。そう言いながら、忍は私の胸を揉みしだく。漏れそうな声を堪えているうちに、自分でもわかるほど、肌がしっとり濡れて、忍の手に吸いついていく。

「や……っ」

それがひどく恥ずかしくて、私は忍の腕を手で押さえた。といっても、私が力で忍に敵うはずはない。

「どうしたの」

忍は私の胸を揉みながら問いかける。

「恥ず、かしい……っ」

そう答えた私に、薄く笑んだ。

「可愛いのに」

「やめ……」

自分でもわかるくらい尖った胸の先端を、忍は指の間に挟んで、やんわりと押し潰した。その瞬間、零れそうになった声を、唇をきつく噛んで堪える。

「さくら。声、抑えないで」

「や……」

「さくらの声が、聞きたい」

そう言うと、忍は自分の指を私の口の中に押し込んだ。節の細い綺麗で長い指――忍は、全部が綺麗だ。肌も白くて滑らかだし、顔立ちだってものすごく整っている。細身ながら、綺麗に筋肉のついた体は、しなやかで張りがあり無駄なところがない。

そんなことを考えていると、忍がゆるりと指で私の口内を撫でた。

「さくら?」

蕩けそうな声が心地よくて、私は促されるまま忍の指に舌を絡めた。忍が、もう一本、指を含ませる。

「ん……っ」

ゆるゆると口の中を撫でる指。その指を愛撫するみたいに舌を絡めると、忍の息が荒くなった。

「さくらは口の中も弱いね」

忍は口から指を引き抜き、私の唾液で濡れた指を自分の口に含んで、にこりと笑ってみせる。

「さくらは、全部甘い」

まるで見せつけるように、指を舐める。それを見ただけで、私の中から何かが溢れてくるのを感じた。

忍は、私の鎖骨の窪みに舌を這わせながら、乳房の狭間に頬を押し当てる。

彼は小ぶりなふくらみに、やわらかく歯を立てた。

「あ……っ」

思わず、ずっと抑えていた声が出てしまう。それに気をよくしたのか、忍はやんわりと胸を噛んだあと、私の首筋に口づけ喉元にも歯を立て痕を残す。

痛いはずなのに、快感でぞくぞくと全身が粟立つ。

「そこ、痕、見えちゃう……」

「さくらは俺のだから」

そう言って忍は耳朶を甘く噛んだ。そのまま耳孔を舐められ私は悲鳴を上げる。ねっとりと嬲るような愛撫は、耳が弱い私には責め苦以外の何物でもない。

感じすぎて半泣きになった私から少し離れ、忍は赤く色づいた胸の頂をゆっくりと口に含んだ。

舌先でつつかれた途端、私は高い声を上げて体を跳ねさせた。

「やあ……っ」

「その声、もっと聞きたい」

忍は、さっき嫌と言うほど濡らした指で、私の秘所に触れた。秘裂に沿うように行き来させる。

すぐに蜜が溢れ出るのが自分でもわかった。

「そんなに感じてたんだ？　ほんとにさくらは、いやらしくて可愛いね」

「馬鹿……っ！」

思わず反抗した私に、忍はつぷりと一気に指を埋め込ませた。

「ああっ……」

「だって、ほら。こんなに気持ちよさそうにしてる」

「やめ……あ、あぁんっ！」

軽く曲げた指で弱い部分を擦られて、私は背を反らして喘いだ。忍は、私の弱いところを知っているし、すぐに新しいところを見つけてしまう。

忍の指は私の中を蹂躙(じゅうりん)し、唇は執拗(しつよう)に胸元を愛撫(あいぶ)する。

「っあ……、しの、ぶ……っ」

全身が熱くて、溶けそうだった。忍に、どろどろに溶かされる。

「……っ、さくら」

欲に濡(ぬ)れた瞳で私を見た忍は、私の秘所に唇を寄せた。これから何をされるかわかってしまうから、恥ずかしくて仕方ない。なのに、期待に胸を膨らませる私がいる。

熱い舌で溢(あふ)れる蜜を舐(な)め取られ、私の腰はもっと、とねだるように揺れた。

「っあ……！」

ぴちゃぴちゃと音を立てて蜜を舐(な)め啜(すす)られ、秘所に舌を捻(ね)じ込まれる。途端に、きゅっと中が締まるのがわかった。

「ここ、大きくなってる」

一度舌を引き抜き花弁をめくった忍は、濡(ぬ)れた花芽を爪先(つめさき)で刺激した。

「あぁ……っ！　や、それ、いや……！」

嫌だと訴えながら、私の体は蜜を溢(あふ)れさせている。再び挿し込まれた忍の舌は、大胆に動き私の熱と快楽を高めていく。溢(あふ)れた蜜は、舌を伝って呑み下され、時折聞こえる喉を鳴らす音が、私の羞恥心(しゅうちしん)を煽(あお)った。

「や――――ぁあああっ！」

尖(とが)らせた舌で内壁の一番弱いところを突かれ、蕾(つぼみ)を指で軽く押し潰された瞬間、私の意識は真っ白になった。

そのまま、力なく投げ出した脚を抱え上げられる。

ぼんやりと靄(もや)のかかった頭で、忍の秀麗な顔を見つめた。けれど、上手(うま)く頭が働いてくれない。

「……しのぶ……？」

「俺も、気持ちよくさせて」

私の脚を肩に乗せると、忍は私の秘所に自身を添わせた。

「や、見ないで……っ！」

「どうして。綺麗なのに」

「や、忍、や……っ」

達したばかりのそこからは、とろとろと蜜が流れている。忍はそれを絡(から)めるみたいに二、三度自身を擦りつけてきた。私の体が期待に震える。連動するように、中も収縮を繰り返した。

「さくら」

この世で一番愛しい声で私を呼んで、忍は一気に奥まで自身を沈めた。

「あ――っあぁ……っ！」

甲高い、叫びにも似た悲鳴が私の唇から迸る。

深く激しく律動する忍に、私はあっという間に翻弄された。

――気持ちいい。忍が好き。

頭の中は、それだけだった。

「ん、っ、あ……っあ……」

繋がった部分から漏れる水音、肌のぶつかる音。そして私の声と忍の乱れた息遣いが、静かな部屋を満たしていく。

私の内襞は熱くうねり、忍に絡みついて奥へ奥へと誘い込もうとする。

「し、の……っ」

「まだ、もう少し」

限界を訴える私に、掠れた声で答えて、忍は腰を使ってより深く私の中を抉った。

「あ、……っああっ……ん！」

これ以上は無理だと思うほど奥まで入っているのに、少し腰を引いたかと思えば、忍は更に深く押し入ってくる。まるで、私に最奥を教えようとしているみたい。

「ちゃんと見て？　さくら。さくらは、今、俺に抱かれてる」

「見ない！」

「ここはこんなに素直なのに……」

「……たし、を」

「え？」

「私、を、抱くのは……忍だけでしょ！」

当たり前のことを言ったら、忍は私を見つめ――破顔した。無邪気な笑顔で、私の弱い部分ばかりを的確に突いてくる。

「さくら、愛してる」

「あ、しの、……っ、あ、あ、――――――………っ」

一際高い声を上げて、私は達した。

反動で、きつく忍を締めつけてしまう。小さく呻いた忍が、私の中に熱を吐き出した。

――翌朝、私が目覚めると、忍はまだ眠っていた。

寝顔も綺麗だと思いつつ、眠っている忍を見たのは久しぶりな気がする。

私は、行為の最中に意識を失うことが多いし、最近は……その、会えない日があったりしたので、セックスの時はほぼ毎回……だったし。

でも、結婚したらそういうわけにはいかない。妻たるもの、夫より遅く起きるなんて駄目だ。いくら夜がアレであっても！

なので、そっとベッドを脱け出して、キッチンに行く。冷蔵庫の中には、簡単な朝食――トーストとサラダと目玉焼きくらいは作れる食材が入っていた。

手早く朝食を作りながら私が思ったのは、結婚後は……セックスを控えてほしいとお願いしようという保身だった。無理です、身が持ちません。

そして、あの雑誌は紫さんに送り返すつもりだ。「おかげさまで愛情が深まりました」とでも、書いておこうかしら。そんなことを考えながらコーヒーを淹れて、私はベッドルームで眠る忍を起こしに行った。

スリーピング・ビューティーは、私なんかのキスで目覚めてくれるだろうか。

――既に目覚めていた王子様に私が捕まるまで、あと三十秒。

エピローグ

待ちに待った春を迎え、俺とさくらは華燭の典を挙げることとなった。

さくらと桃子おばさんと由利子さんと祖母と母が色々決めた結婚式だ。

俺は何でもいいと頷くだけだったので、「忍は役に立たない」と早々に戦力外通告を受けた。その方が、当日、新鮮な気持ちでさくらに会えると思うと、それはそれでいい。

鷹条グループの跡取りの結婚ということで、メディアその他はうるさかったが、有り余る金と権力で黙らせた。身内と親しい友人以外は招待していないが、それでも系列の中では一番思い入れのある鷹条ホテルを貸し切りにした。警備上の問題もあるので、貸し切りは仕方ない。

なんだかんだで、大ホールがいっぱいになるくらいの招待客が集まった。

俺の友人は、ジェイやダヴィ含め外国人が多いし、同級生には新進の起業家や中東の王子様、欧州の貴族その他がいらっしゃる。はっきり言う。派手だ。

曾祖父がぜひにと希望した神前式と、俺が譲れなかったウェディングドレス。白無垢のさくらは贔屓目なしに可愛かった。少し緊張して、いつもと違う化粧をしているのもいい。

曾祖父は、半年前まで意識不明だったなんて冗談としか思えないほどしっかりした足取りで、自ら歩いて出席した。馴染みの写真屋を呼び、さくらの写真を撮りまくっていた。あとで焼き増ししてもらう約束はついている。

厳かな神前式のあと、チャペルに移って誓いのキスとフラワーシャワーをした。ここでのさくらは、淡いピンクのタフタドレスに白のオペラグローブを身に付けていた。綺麗に結った髪にヴェールを編み込み、可愛くもしっとりとした色気がある。このドレスは祖母が選んだらしいが、さすがドール遊びの達人。ヤバいくらい可愛い。

首元は、母が超有名店で作らせたルビーとダイヤのネックレス。さくらの綺麗なデコルテを上品且つ艶やかに彩っていた。

誓いのキスの時のさくらは本当に綺麗で、色白の肌に映えるメイクは、ブライダル仕様のはずだが、かなりナチュラルに見えた。野次馬がいなかったら、深いキスをしたかったが、さくらに怒られるので、触れるだけのキスで我慢する。

ブーケトスは空気を読んだ玲奈ちゃんが、周囲を牽制しつつ葉子さんが取るよう計らっているのが見えた。さすが優秀すぎる。

披露宴会場に移動すると、さくらは白いドレスに着替えた。今度のドレスは母が由利子さんと相談して仕立てたものだ。真珠とメレダイヤで上品かつ豪華に飾られた、総レースの繊細なドレスは、さくらによく似合っていた。品よく広がったスカート部分はペチコートで膨らませてある。身長差のある俺から見ると、ふわりと白い花が咲いたように見えてとても可憐だ。

俺の衣装？　曾祖父も祖父母も両親も誰も興味ないので、プランナーにすべてお任せした。着心地より、さくらとのバランスを意識して仕立ててもらっている。

俺達は本当にたくさんの招待客に祝福された。仲間同士盛り上がっている奴らもいれば、ジェイとダヴィのように「サクラ、シノブが嫌になったらいつでも言え」「タカジョウのシステムぶっ壊してやるからな……！」と、物騒なことを言う奴らもいる。いつそんなに仲良くなったんだ。

一日がかりの華燭の典は、夜になっても終わらない——俺としては早くさくらと二人きりになりたかった。だが、俺のさくらへの執着を知る悪友どもが、俺を簡単に天国へ送り出してくれるはずもない。俺は結局、日付が変わるまでさくらと二人きりになれなかった。

「……京都にするのかと思ってた」

やっっっと解放され、ホテルの最上階の部屋に入った途端、さくらがそう言った。京都の本家でという意味だろうが——駄目だ、あそこは使用人が多すぎる。

「さくらが声を抑えられるなら、そうする」

俺がそう返すと、さくらは恨みがましそうに見上げてきた。ふわっと広がったドレスのままだから、つい笑み崩れていると、さくらにふいっと顔を逸らされた。

「さくら?」

「そんなに嬉しそうにしないで」

「え、だって嬉しい」

入籍も済ませた。さくらは正真正銘、俺のものだ。そして俺も、さくらのものになったのだ。

「さくら、新婚旅行、ヨーロッパとアメリカならどっちに行きたい？」

「え、どっちもやだ。言葉がわからないもの」

「アメリカなら、ジェイ達がいるから日本語でも大丈夫だよ」

──あ、あいつらを呼び出して、ヨーロッパで合流という手もあるか。

「あ、だったらスペインがいい。本場のパエリアを食べてみたいの。忍、パエリア好きでしょ？」

家で作ってくれるつもりらしい。パエジェーラを買って試行錯誤しているのは知っていた。

さくらは、結婚しても家政婦は頼みたくないと言った。まあ、使っていない部屋にはハウスキーパーを入れる予定だが。俺が頭の中でこれからの予定を組み立てていると、さくらがおずおずと声をかけてきた。

「あの、ね」

「うん、何？」

すると、何故かさくらは赤くなって俯（うつむ）いた。

「あのね、せっかくの記念日だから、ずっと言いたかったことを言わせて」

俺が頷くと、さくらは頬を染めたまま顔を上げた。

「──私を、好きになってくれてありがとう」

「こうして結婚できて、これから忍の為にご飯作ったり、お掃除やお洗濯できるのが——すごく幸せ。忍はこれ好きかな、あれは喜んでくれるかなって思いながら、家のことをするのが今から楽しみ」

「……」

思いがけない言葉に、一瞬思考が止まった。

「毎日同じことの繰り返しで、退屈じゃない？」

俺は、そっとさくらを抱き寄せた。ゆくゆくは、仕事をやめて専業主婦になるさくらに、気になっていたことを問う。ゆっくり背中に回される細い腕に、ほっとした。

「平凡な毎日が積み重なることを、幸せって言うのよ」

「……うん」

さくらが、誇らしげに笑うから、俺もつられて笑った。平凡で何が悪い。特別じゃなくたって、俺もさくらも幸せだ。——まあ、俺の実家はあまり平凡ではないが。

「だから——ちゃんと、忍を幸せにしてあげたいし、幸せだと思ってほしいの」

「俺は幸せだよ」

即答した。さくらが俺の傍にいてくれて、俺を想ってくれていること以上に、幸せなことはない。

「ほんと？」

「本当」

「……ほんとかなあ……」

疑り深く見上げてきたさくらは、俺が視線を逸らさないのを確認すると、ぐりぐりと俺の胸に顔を押し当ててきた。可愛い。

「…………私も」

「え？」

「私もね……初恋は、忍なんだよ」

——初めて会った時から大好きよ。

そう囁かれて、俺の理性が一瞬で灼き切れそうになった。危なかった。

片想い歴二十年の結婚だと思っていたが——両想い歴二十年の結婚だったわけか。こんなことなら、もっと早く攻めるべきだったな。

「さくら、絶対に幸せにするし、幸せになる。……一緒に、幸せになろう」

俺の初恋も、さくらの初恋も——未だに継続中で、現在も未来も、幸せが約束されているのだ。

書き下ろし番外編

鷹条夫婦は今日も平和

「それでだな、忍、桜子。玄孫（やしゃご）はまだかかな」

すっかり元気になった曾祖父は、待ちきれないというように俺とさくらに問いかけてきた。

「授（さず）かりものですし」

俺としては、もう少しさくらとの新婚生活を楽しみたい。子供ができたら、やっぱり俺もさくらも子供中心の生活になるし。

そう思った俺の横で、さくらが微笑みながら曾祖父に言った。

「すごく初期ですけど……妊娠三ヶ月目だそうです」

「え、待ってさくら、俺聞いてない」

「今言ったもの。赤ちゃんができたら、最初はひいおじいさまにご報告って、忍も言ってたじゃない」

それは当然「夫であり父親になる俺の次」って意味だったんだが、きょとんとしているさくらには通じていなかった。きちんと説明しなかった俺の手落ちだ。

「おお、そうかそうか！　性別はどちらでもいい、菫子……じゃない、忍によく似た子を産んでくれ、桜子」

本音しか言わない曾祖父は潔(いさぎよ)いと思った。言い直しただけマシだろうか。

「俺はさくらに似た子の方がいいです」

「うん、それもわかる。桜子も所作や話し方が菫子によく似てきたからねえ」

……曾祖父の基準は常に「菫子(ひいおばあさま)」である。それに呆れた俺は、曾祖父に「忍も物事の基準は桜子だろう？」と疑問符を浮かべられて反論できなかった。

そして結婚一年ちょっとで、俺とさくらには娘が生まれた。

名前は、曾祖父の希望だった「すみれ」にしようかとさくらは言ってくれたが、当の曾祖父が「この子は菫子ではないのだから」と笑って、名付けは俺とさくらの権利であり義務だと言ってくれた。

二人で話し合って「花梨(かりん)」と名づけた娘は——さくらによく似ていて、めちゃくちゃ可愛い。

家族で住むマンションに帰宅したら、またリビングに荷物が山積みだった。

曾祖父が外商に届けさせたらしい、花梨の為の、様々なブランドのベビー服からビブ

──よだれかけ、小さな靴に肌着におむつに玩具──見間違えでなければ、あのキラキラ魔法ステッキは三歳児以上が対象ではないだろうか。

あと、使っている飾りが本物の宝石なので特注だろうが……ひいおじいさま。花梨はまだ一歳にもなってません。二年後の幼女向けアニメの流行は変わっている可能性もあります。

「あ……お帰りなさい、忍」

「ただいま。また、ひいおじいさまから？」

「と、お義父さまとお義母さまと、圭一郎おじさまと舞子おばさま」

俺の血縁全員か。さくらの両親──俺にとって義父母になる櫂都さんと由利子さん、そして義祖母となった桃子おばさんは「初めての子だし、全部二人で選びたいだろうから」と言ってくれていた。その気遣いを、半分以上俺の親達に分けてほしい。

「ごめん。片づけるの大変だよね。俺があとでやるから──」

「ううん、私がやる。忍に片づけられたら、何がどこにあるかわからなくなって困るのは私だし。あ、忍の片づけ方が下手とかそういうのじゃないよ、むしろ上手すぎる。ほら、早く手を洗ってきて」

できるだけ花梨の育児は俺も役割分担している。おむつ換えから沐浴、寝かしつけまで、手の空いている方がやると決めたが、やっぱり、専業主婦をしてくれるさくらに負担がかかってしまう。

なので、花梨に関係するものは基本的にさくらが使いやすいように置いてある。俺がわからない場合は、さくらにすぐ聞けるけど——さくらがわからない時、俺が仕事中だと困るので。

「——花梨、もう寝た？」

手を洗って、ついでに自分の部屋でジャケットを脱いでネクタイを外してキッチンに戻ると、テーブルの上には俺の夕食が並べられていた。向かいのさくらの席には、白湯を入れた湯飲み茶椀が置かれている。

椅子に座りながら、いつもと同じ時間なのに随分静かだと思って問うと、さくらは苦笑した。

「うん。今日は健診のあとにキッズスペースに連れて行ったら、人見知り発揮してすっごく泣いたから十分で帰ってきちゃった。帰ってからもずっとぐずるし泣くし、ここが防音でよかったって思った……あんまり泣くから心配になって、市之倉先生にも来てもらっちゃった」

市之倉先生は祖母と母が雇用した、さくらと花梨の専属医だ。五十代の優しい面輪の女性で、さくらのメンタルケアもお願いしている。育児中の母親は大変だし、俺に言いづらい悩みもあるだろうから。

それにしても、市之倉先生に相談するほどなら、相当泣いたんだろう。その状態の花梨を入浴させてミルクを飲ませ、寝かしつけたさくらは疲労困憊のはずだ。なのに、俺の夕飯も作って、洗濯や掃除も済ませている。

「やっぱりシッターさんを入れる？　それか通いで家政婦でも家事ヘルパーでも。さくらの負担が大きいよ」

これは何度か提案しているんだが、さくらはうんとは言わない。俺はさくらを独占したいからこの「家」に他人を入れたくはないが、俺の個人的な我儘より、さくらの負担軽減の方が大切だ。

「世の中のお母さんはみんなやってることだよ。双子を育ててる人だっているし、忍が手伝ってくれるから、私はまだ楽ができてる方だもの」

「それはそうかもしれないけど……さくらが、花梨の世話で疲れてるとさ」

「うん」

「俺、抱きたいって言いづらい」

さくらの作ってくれた料理は、本人曰く「めちゃくちゃ手抜きしてる」らしいけど、さくらが作ってくれたなら、正直、冷や飯の茶漬けでも俺にはご馳走だ。

今日のメインであるチキンピカタを口にしながら、最近の悩みを言葉にしたら、さくらは湯飲みを落としそうになった。

「うん………って、何言ってるの!?」

「俺もさくらも——というか父さんもお義父さんも一人っ子だから、花梨には弟と妹もいればいいなって思う」

「……う……私も、きょうだいに憧れたのは事実だから反論しづらい……」

何を反論したいんだ。

「でも本音は、二人目が欲しいというより、さくらに癒してほしい」

「毎晩、同じベッドで『くっついてないとさくらが補充できない』って抱きついて寝るくせに、それだけじゃ足りないの!?」

「だって花梨が泣いたら離れてくよね、さくら。置いてかれる寂しさってわかる?」

「そう言ってついてきて、忍が花梨をあやしたり、ミルクを作ったりしてくれてるでしょ！　置いてかれてないじゃない」

「お母さんしてるさくらも可愛いからいいんだけど。俺のことも甘やかしてほしい」

さくらは、何故か「甘えるのはよくない」と思っているらしいけど、俺は甘えてほしいし甘えたい。まあ、俺が甘やかしたいのは——さくらと花梨で、甘えたいのはさくらにだけだ。

「でも、さくらが嫌なら我慢する」

強く押せば、さくらは何だかんだで俺に甘いところがあるので、許してくれる。だけどそれで疲れさせては、花梨の世話だけでも手一杯なさくらにどれだけ負担をかけるんだという話だ。それで夫や父親面する資格はない。

ないんだが……妊娠中も我慢したし、産後もほぼレスなので、それはそれでつらい。男の本能を抑え込むのもなかなかきつい。

「……もう！　花梨の世話だけで大変なのに！」

「うん。ごめん、俺がさくらを抱きたいからシッターさん入れようっていうのは間違ってるよね、ごめん」

「そうじゃなくて！　……忍に嫌われたくないんだもん」

癇癪を起こした子供のように、突然さくらが泣き出した。

「ごめん、そんなに嫌だった？　ごめん、もう言わない、だからさくら泣かな――」

泣かないで、と言おうとした俺に、さくらがキスしてきた。

「……さく、ら？」

キスというよりは唇を押し当ててるだけの行為だったが、俺を狼狽させるには十分すぎた。さくらは、俺を見つめながら泣いている。

「育児雑誌で、赤ちゃん産んだあと、……しようとしたら、た、体形崩れてるって夫に幻滅された体験談とか読んだから……っ」

「俺もそうかと思って不安になったの？」

「それで、私、忍はそんな人じゃないって思ったけど、でも不安になって……うちの両親だって、それが原因で私は一人っ子なのかなとか……」

……悪い方向に考え出したわけだ。

「えーと……知ってると思うけど、一人っ子な俺の両親は未だにバカップルだよ？」

うちの場合は、俺が生まれた直後、父が母に「もう子供はいらない、理紗子にあんなつらい思いをさせたくない……！」と懇願したのだ。

「で、でも……」

「俺はさくらなら九十九髪でもいけるんだけど、さくら以外は無理だから」

「……その年まではちょっとお付き合いできない……」

困りきった顔で言うから可愛い。俺は、さくらが四歳になる頃からずっと見ているけど、全然飽きない。

「……『その年』までは付き合えないなら、今付き合って？」

俺が甘えると、さくらは花梨が眠っているベビールームに視線を向けたあと……少し逡巡して、俺を窺うように見上げると、「……花梨が起きたらやめてね？」と真っ赤な顔で俯いた。

＊＊＊＊＊

「全然、崩れてないと思う。さくらはさくらだから綺麗だし」

ベッドに横たえたさくらの体は、当然、妊娠中とは違っているけれど、それ以前に比べて崩れてもいない。胸は少し大きくなっているものの、全体的に細身で余分な肉はついていないままだ。

「そう……かな」

不安そうに呟く唇に、ゆっくりキスした。今までもキスはしてきたけれど、触れるだけのものだったから、体を重ねることを前提とした——官能を引き出す為のキスは久しぶりだ。

やわらかい下唇を軽く舐めると、それに応えるようにさくらが俺の上唇を食む。互いを優しく食べ合うようなキスが、深く熱を帯びていく。

「ん……っ」

薄く開いた隙間に舌を捻じ込んで口内を犯すと、さくらの瞳が俺を映したまま蕩けるように微笑んだ。甘えるみたいに首に腕を絡めてくる仕種が可愛い。

少し身を引いて、さくらの髪から顔、首筋、鎖骨。目に付いたところ全部に唇で触れて、時々痕を残した。くすぐったそうに笑っていたさくらが、徐々に甘い声を漏らし始める。

「っ……、あ、ん……！」

ふっくらとまろみのある乳房に顔を寄せて吸いつくと、ぷるんと震える。同時に、さくらの手が俺の髪をくしゃりと撫で、細い指先が快楽を伝えるように不規則に動く。つんと立ち上がった乳首が、匂うように甘く誘ってくる。かぷりと噛んで舌先と歯で転がしたら、さくらが断続的な嬌声を零した。

もう一方も指の腹で押し、乳房ごと掴んでふにふにとしたやわらかな弾力を楽しんでいたら、さくらの腰が焦れたように揺れている。

「気持ちいい？」

「ん」

短く頷きながら、さくらは声を抑えようと涙目になっている。防音だから花梨が寝ているベビールームには聞こえないし、起きて泣き出したらモニターが知らせてくれるんだから心配ないのに……というか、今は俺に集中してほしいという我儘もある。

これが母親と父親の差なんだろうかと思いながら、さくらが俺を受け入れる場所を指でなぞった。

花は閉じているものの、少し開いてやればとろりと蜜が流れてくる。華奢な体のラインを手で撫でながら、白い両脚をゆっくりと開かせた。
くびれた腰の辺りを唇と舌で愛撫し、肌の甘さを味わう。さくらの呼吸を見計らい、花芯に中指を挿入した。

「――っ！」

久しぶりだったせいか、さくらが軽く達したのがわかる。以前より狭くも感じる隘路は、きゅうっと絡みつくように俺の指に吸いついてきた。中指を第一関節の辺りで曲げて、指の腹で押したら、さくらがまた達した。

指を受け入れたことで綻んでいた花弁を更に開き、もう一本指を含ませながら、硬く膨らんだ花芽を傷つけないように舌で愛撫し、やんわりと刺激していたら、さくらが小さく悲鳴を上げる。

「だ……めぇ……！」

「駄目？」

「や、だめ……！」

逆手に枕の端を握り締め、ふるふると首を振って快楽に耐えているさくらが可愛い。泣きそうな快感を与えているのが俺だということに、ぞくぞくする。

ぬめるナカから指を引き抜き、硬く張りつめた俺自身を蜜壺の入り口に擦りつけて、わざと焦らすように弱い愛撫を繰り返す。

——早く、俺のことしか考えられないようになればいい。

俺だけを欲しいと泣いてほしい。

「しの、ぶ……！」

快感に濡れた声で呼ばれて、腰がずくんと疼いたけれど何とか堪えた。色を濃くした乳首に舌を絡ませ、吸い上げながらさくらの限界を待つ。

「おねが……はやく、挿入、て……！」

頼りないいくらい細い首筋に舌を這わせた時、やっとさくらが懇願してくれた。快感に弱いくせに、堕ちようとしないから余計に溺れさせたくなるのに。

「足り、ないの……気持ちいいのに、しのぶが、ナカにいないと、足りないの」

泣きながら「胎内に俺がいないから満たされない」と訴えられたら、我慢できるわけはないし、何とかさくらを溺れさせたいと思っていた俺のプライドなんかどうでもよくて。

濡れすぎて滑りそうなくらい熱い部分を拓いて、ずぶずぶと膣の奥まで腰を進めた。

「あ……——あ、あ……っ！」

か細くも甘い声と、同時に乱れ蠢く肉の襞が、さくらの絶頂を伝えてくる。

俺の形を覚えきったナカが、「もっと奥まで」とねだるように引き込もうとするから、俺はその誘いのまま、さくらの奥——降りてきた子宮の入り口を目指してより深く繋がる。

「ん……っふ……ぁ……！」

きゅっと唇を噛み締めて、涙を零れさせて快感を受け止めているさくらはとても可愛いけど、まだ堕ちきっていない。

俺はとっくに堕ちているというか、最初から堕ちないように必死なのに。

広げた左脚を右肩にかけ、より深く繋がりながら、抽送（ちゅうそう）を繰り返す。

ベッドより先にさくらが壊れてしまうんじゃないかと思うくらい激しく動いて、荒く乱れた呼吸に含まれた艶（つや）と甘さが強くなっていくのを確かめながら、さくらが一番好きな動き方で律動した。

「や……ぁん、イッちゃ……や、ぁ……！」

「さくら。——一緒に、イッて？」

俺もそろそろ限界だ。

絞りあげるように絡み、吸いつき、やわらかくもきつく扱（しご）き上げてくるようなさくらのナカは、気持ちよすぎて長くは耐えられない。それでなくても久しぶりで、あまり持たないかもしれないという危惧（きぐ）はあったし。

「ん、いっしょ……なら、いい……」

さくらが、不意に——稚（いとけな）い少女のように無垢（むく）に笑うから。

その表情と、俺の官能を刺激し続ける淫（みだ）らな体とのギャップに……結局、陥落したのはまた俺の方で。

さくらの一番奥深い部分に、俺の精を——かなりの時間、射し続けた。

そのあとも、肌を重ねられなかった分を取り戻すように、淫靡な時間に互いに耽ってしまった結果。

一年も経たないうちに、長男の芳が生まれた。未だ矍鑠として元気な曾祖父も祖父母も両親も大喜びで、隙あらばさくらと子供達を武蔵野や都内の実家に呼び寄せようとするから俺も牽制に忙しい。

どうも俺とさくらは子供ができやすい相性らしいので、さくらが望んでいる「子沢山家庭」は叶えてあげられそうだ。

——代わりに、俺の希望である「さくらと二人きりの時間の確保」も土下座してでもお願いしたいと思っている。

何せ、さくらは今、第三子妊娠中なので。

子供はたくさん欲しい俺としても、幸せだからいい。いいんだが。

俺は我が子に嫉妬する程度には心の狭い男であることを、さくらには忘れないでほしい。そんなことを思いつつ、走り回る花梨とすやすや眠っている芳に囲まれ、さくらの腹部に耳を当てて三人目の子の心音を聞いている今、とても幸せだと思う。

桜子(さくらこ)は物心がつく前、曾祖父の一言によって、同じ歳のはとこで大企業の御曹司・忍(しのぶ)と将来の結婚を決められてしまう。その時から、彼女を溺愛するようになった彼は二十四歳になった今も変わらず桜子を特別扱い！　そんな彼のふるまいを桜子は「忍の甘い態度は、ひいおじい様に言われたからだ…」と思い、彼への密かな恋心に蓋をする。でも…悩んだ桜子が、彼のために身を引こうとした時、優しかった忍が豹変！情熱的に迫ってきて……!?

B6判　定価：本体640円+税　ISBN 978-4-434-28227-0

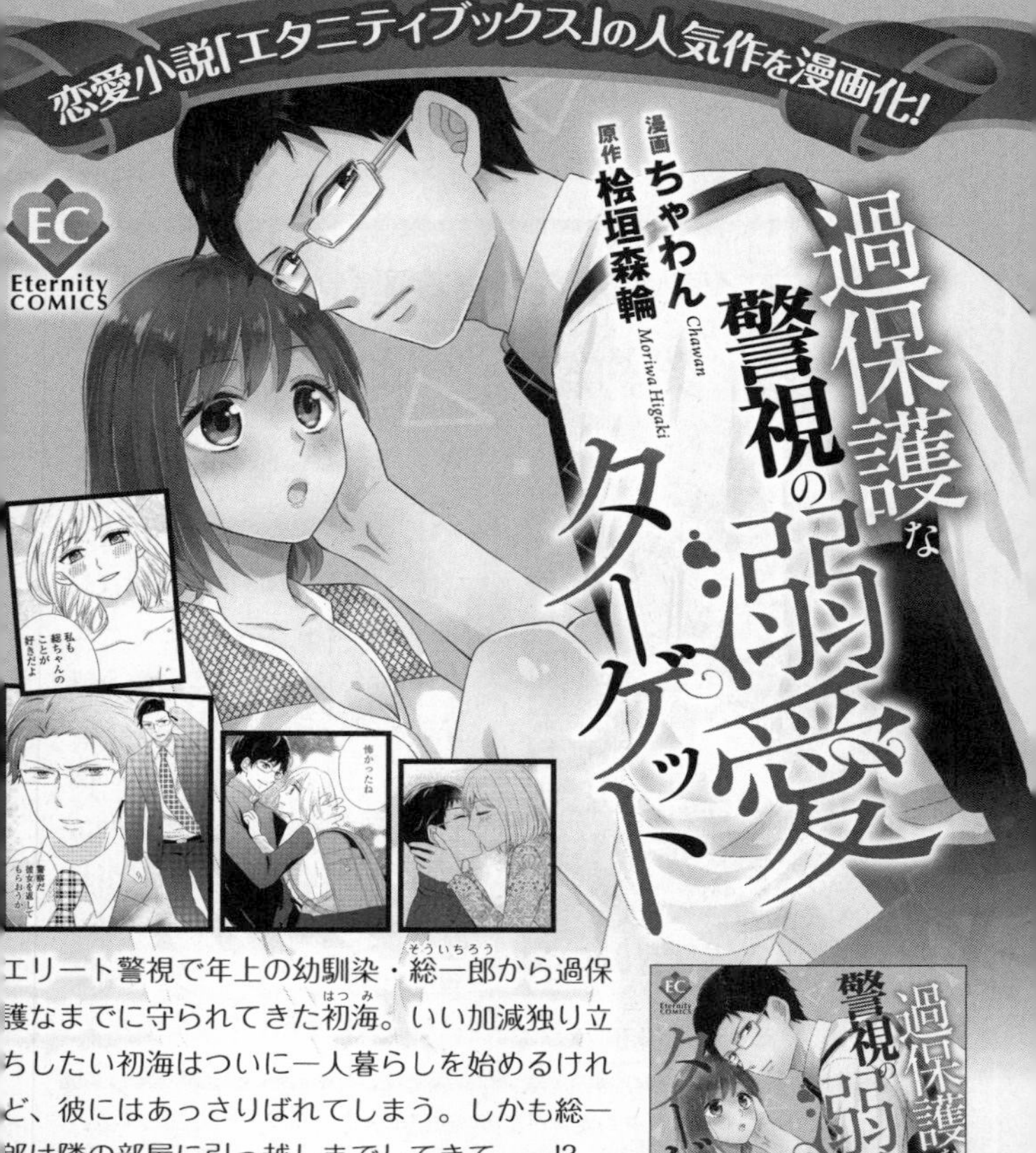

恋愛小説「エタニティブックス」の人気作を漫画化！

Eternity COMICS

過保護な警視の溺愛ターゲット

漫画 ちゃわん Chawan
原作 桧垣森輪 Moriwa Higaki

私も総ちゃんのことが好きだよ

警察だ 彼女を返してもらおうか

怖かったね

エリート警視で年上の幼馴染・総一郎（そういちろう）から過保護なまでに守られてきた初海（はつみ）。いい加減独り立ちしたい初海はついに一人暮らしを始めるけれど、彼にはあっさりばれてしまう。しかも総一郎は隣の部屋に引っ越しまでしてきて――!? 「絶対に目を離さない」と宣言されうろたえる初海に「大人になったならもう、容赦はしない」と総一郎は今まで見せたことのない顔で甘く迫ってきて――？

B6判　定価：本体640円＋税　ISBN 978-4-434-28226-3

高校時代、優花は留学先のニューヨークで、彼女に好意を寄せる実直な青年・大輝に恋心を抱くが、とある事情で一方的な別れを告げる。十年後、仕事で再びニューヨークを訪れた優花の前に現れたのは、契約先の副社長となった大輝だった。あどけないかつての面影は消え、どこか冷たい雰囲気をまとう彼が企画実現の条件として提示してきたのは“俺のものになれ”という強引な取引で——？

B6判　定価：本体640円+税　ISBN 978-4-434-28225-6

本書は、2018 年 6 月当社より単行本として刊行されたものに、書き下ろしを加えて文庫化したものです。


この作品に対する皆様のご意見・ご感想をお待ちしております。

おハガキ・お手紙は以下の宛先にお送りください。

【宛先】

〒 150-6008 東京都渋谷区恵比寿 4-20-3 恵比寿ｶﾞｰﾃﾞﾝﾌﾟﾚｲｽﾀﾜｰ 8F
（株）アルファポリス　書籍感想係

メールフォームでのご意見・ご感想は右のＱＲコードから、
あるいは以下のワードで検索をかけてください。

アルファポリス　書籍の感想

ご感想はこちらから

エタニティ文庫

独占欲全開の幼馴染は、エリート御曹司。

神城 葵

2021年1月15日初版発行

文庫編集－熊澤菜々子・塙綾子
発行者－梶本雄介
発行所－株式会社アルファポリス
〒150-6008 東京都渋谷区恵比寿4-20-3 恵比寿ｶﾞｰﾃﾞﾝﾌﾟﾚｲｽﾀﾜｰ8F
TEL 03-6277-1601（営業） 03-6277-1602（編集）
URL https://www.alphapolis.co.jp/
発売元－株式会社星雲社（共同出版社・流通責任出版社）
〒112-0005 東京都文京区水道1-3-30
TEL 03-3868-3275
装丁イラスト－ひむか透留
装丁デザイン－ansyyqdesign
印刷－中央精版印刷株式会社

価格はカバーに表示されてあります。

落丁乱丁の場合はアルファポリスまでご連絡ください。

送料は小社負担でお取り替えします。


ISBN978-4-434-28372-7 C0193